Drachenwandler-Kurzgeschichten

Drei Fantasy-Liebesgeschichten

von

Hannah Bergauf

Aus der Drachenwandler-Saga bereits erschienen:

Drachen küssen heißer
Drachen lieben tiefer
Drachen begehren feuriger
Drachen fühlen flammender

Bereits veröffentlichte Drachenwandler-Kurzgeschichten:

Drachen leben wilder
Drachen leben auf 2Rädern
Drachen leben mit Musik

Herstellung und Verlag:
BoD - Books on Demand, Norderstedt
ISBN 978-3-7412-9849-3

Inhalt

Drachen leben wilder 6
   1. Ciaran – Sturm 6
   2. Maska – Brüllen 13
   3. Ciaran – Edelsteine 17
   4. Maska – Feuer 22
   5. Ciaran – Fliegen 28
   6. Maska – Überraschend mutig 33
   7. Ciaran – Wilde Herzen 37
   8. Maska – Wild oder nicht? 42
Drachen leben auf 2 Rädern 47
   1. Mike – Motorraddrachen 47
   2. Lionel – Der flügellose Drache 51
   3. Mike – Plötzlich Flügel 60
   4. Lionel – Er taucht auf 65
   5. Mike – Lionels Mutter 69
   6. Lionel – Nur weg! 73
Drachen leben mit Musik 79
   1. Tyler – Das Geheimnis 79
   2. Adrian – Nach dem Auftritt 85
   3. Tyler – Adrians Familie 91
   4. Adrian – Traum und Vergangenheit 95
   5. Tyler – Keine zweite Wahl 100
   6. Adrian – Geblitzt zum zweiten! 104
   7. Tyler – Dann doch 107

Drachen leben wilder

1. Ciaran – Sturm

„Aufstehen.", höre ich Mutter zum wiederholten Mal rufen. Ich seufze und werfe die Decke zurück. Eigentlich will ich nicht aufstehen. In solchen Momenten wünschte ich, dass ich mich nicht schon kurz nach meinem 15ten Geburtstag zum ersten Mal verwandelt hätte. Dann würde ich jetzt nicht in Kanada festhängen um zu fliegen und zu jagen, wie die alten Drachen. Mein Vater mag ja nicht wie mein Großvater sein, aber an der Tradition in der kanadischen Wildnis fliegen und jagen zu lernen hält er fest. Ich setze mich im Bett auf und strecke mich erst einmal ausgiebig.
„Gibts Frühstück?", frage ich, als sich mein Magen vor Hunger zusammen zieht.
Mutter seufzt und sagt: „Selber jagen."
Ich stöhne auf und stehe auf. Ich habe nicht die geringste Lust ohne Frühstück zum Unterricht zu gehen. Ist Vater jetzt der Meinung, dass ich es hungrig besser hinkriege. Ich gebe ja zu, dass ich mich in den letzten Tagen nicht sonderlich geschickt angestellt habe, aber deshalb muss er nicht zu solch drastischen Maßnahmen greifen.
„Beeilt euch endlich.", höre ich Vater rufen.
Seufzend ziehe ich mir mein Schlafoberteil über den Kopf. Ich spüre noch immer die Müdigkeit in meinen Gliedern. Am liebsten würde ich mich wieder zum Schlafen hinlegen, wenn ich schon kein Frühstück bekomme, ohne selbst zu jagen.
„Na komm.", meint Mutter und verlässt mein Zimmer.
Ich folge ihr. Gemeinsam verlassen wir das Haus. Vater steht bereits neben der Tür und wartet ungeduldig auf uns. Der erste Windhauch bringt meine Flügel dazu sich etwas zu regen, als er über meinen Rücken streicht. Das Drachenfeuer in meinem

Inneren verhindert, dass der Frühlingswind mich frieren lässt, obwohl ich nur in Boxershorts im Freien stehe. Während ich noch das Gefühl der leicht zuckenden Flügel spüre, haben sich Mutter und Vater bereits ausgezogen und verwandeln sich. Vater ist nur so groß wie ein Hirsch, Mutter sogar noch etwas kleiner. Seine Schuppen sind blau, während ihre rot in der Morgensonne glitzern. Kleine farbige Edelsteine im Licht. Ich schlucke. Das schöne Farbenspiel ihrer Schuppen erinnert mich an meine eigenen. Die pechschwarzen Schuppen, die meinen Drachenkörper überziehen, wenn ich mich verwandele. Sie wirken einfach nicht so prächtig wie die farbigen Schuppen vom Rest meiner Familie. Vaters Knurren reißt mich aus meinen Gedanken.
Verwandele dich schon., höre ich seine ungeduldige Stimme in meinem Kopf vibrieren.
Ich presse die Lippen fest zusammen und konzentriere mich. Glühend heiß schießt mir der Schmerz in die Glieder und Schuppen durchstechen meine Haut. Mein Körper biegt und dreht sich. Auf allen Vieren schüttele ich den letzten Schmerz aus Muskeln und Knochen. Ich strecke mich und gähne ausgiebig.
Lasst uns aufbrechen., kommt es von Mutter.
Ich bin jetzt gerade Mal so groß wie sie. Ich strecke meine Flügel in den Wind. Er streckt lockend über meine Schuppen. Ich liebe es zu fliegen. Ich wünschte nur, dass ich es besser könnte.
Mach es dieses Mal besser., sagt Vater zu mir.
Ich denke kurz daran, wie ich mir am vorigen Tag den Schwanz einem Felsen aufgeschürft habe und mir dabei das Reh entwischt ist. Ich stoße brummend die Luft aus, als ein Knurren über mir ertönt. Ich schwinge mich in die Luft. Meine Eltern fliegen voraus. Mein Schwanz pendelt zur Seite und ich gerate ins Trudeln. Als Mutter den Kopf zu mir herum dreht, habe ich mich zum Glück schon wieder gefangen. Ich versuche

ihnen zu folgen, aber der Wind ist stark und ich schaffe es nur mit Mühe ihnen so nah auf der Spur zu bleiben, dass ich sie nicht aus den Augen verliere. Knurrend kämpfe ich gegen den Wind an. Er ist hier viel stärker, als daheim. Wilder! Zumindest kommt es mir so vor. Plötzlich kehrt Mutter zurück und fliegt in Kreisen um mich herum. Sie weiß, dass ich es nicht schaffe in der Luft zu stehen.
Dein Vater hat noch etwas mit mir vor. Wir sehen uns später an der Hütte. Sei spätestens zum Sonnenuntergang zurück. Mach uns stolz., teilt sie mir mit.
Bevor ich etwas erwidern kann, ist sie bereits davon geflogen. Ich versuche zu Brüllen, aber es klingt eher wie ein Krächzen. Ich bin echt ein erbärmlicher Drache.

Keuchend kauere ich mich zu Boden. Mein rechter Flügel brennt und ich habe immer noch Hunger. Es ist bereits Mittag und ich habe nichts erlegt. Der Hunger treibt mich dazu mich nun wieder auf die Füße zu kämpfen. Ich muss etwas zu essen finden, sonst schaffe ich den Rückflug bestimmt nicht. Ich lasse meinen Blick umherwandern, aber ich sehe nur Bäume, Sträucher und Unterholz. So werde ich nie etwas finden. Aus der Luft kann ich wenigstens einige Tiere erkennen. Ein Zischen verlässt mein Maul, als ich meine Flügel strecke. Ich sehe zu dem aufgeschürften rechten Flügel. Ich schlage einmal mit den Flügeln. Es tut weh, aber ich kann mich bewegen. Fest entschlossen lasse ich meine Flügel auf und ab schlagen und erhebe mich in die Luft. Mit einem Blick auf den Himmel bin ich mir sicher, dass ich mich beeilen sollte. Dunkle Wolken ziehen auf. Es könnte ein Sturm werden. Ich kreise über dem Wald auf der Suche nach passender Beute. Ich fliege überwiegend über Stellen, an denen die Bäume weniger dicht stehen. Mein Vater kann durch enge Stellen fliegen. Ich bin dafür nicht geschickt genug. Der immer stärker werdende Wind lässt mich immer wieder trudeln. Wie soll ich so nur jagen?

Die Luft wird von einem lauten Krachen durchschnitten. Ich zucke zusammen und stürze nach unten in Richtung Bäume. Im letzten Moment schaffe ich es wieder an Höhe zu gewinnen. Es vergeht nur eine Sekunde, da wünsche ich mir auch schon in die Baumkronen gefallen zu sein. Ein heftiger Windstoß reißt an meinen Flügeln und wirbelt mich herum. Von einem Augenblick zum nächsten prasselt ein heftiger Regen vom Himmel herab. Jeder einzelne Tropfen lässt einen heftigen Schmerzimpuls durch meinen verwundeten Flügel schießen. Ich kämpfe gegen den reißenden Wind. So etwas habe ich noch nie erlebt. Ich muss landen. Irgendwie muss ich es schaffen zu landen. Heftig schlagen meine Flügel, während ich versuche auf irgendeine Art die Kontrolle zurück zu gewinnen. Genug Kontrolle, um zu landen. Ich schlag im Wind einen regelrechten Purzelbaum. Die Winde werfen mich hin und her. Alles dreht sich. Der Wind reißt mich mit sich. Ich verliere vollkommen die Kontrolle. Jeder Flügelschlag braucht so viel Kraft, wie es sonst 10 tun. Ich versuche mich zu behaupten, weiter zu kämpfen, aber mit jedem Moment fühle ich mich schwächer. Meine Flügelschläge kommen in immer kürzeren Abständen. Ich kann sie kaum noch bewegen. Mein ganzer Körper schmerzt inzwischen. Ich weiß nicht wie viel Zeit vergangen ist. Der Wind reißt mich mit sich. Die Bewegungen meiner Flügel sind nur noch ein kläglicher Versuch etwas zu unternehmen. Ich habe längst verloren. Ich krache mit einem grässlichen Schmerz gegen etwas hartes und stürze. Ich pralle auf dem Boden auf. Er ist hart wie Stein. Vielleicht ist es Stein. Ich weiß es nicht. Der Regen prasselt weiter auf mich herab. Der Wind heult um mich herum.

Ich weiß nicht wie viel Zeit vergangen ist, als der Sturm endlich verebbt. Ich kämpfe mich auf meine Pfoten hoch. Mir tut alles weh und mein Magen krampft sich heftig vor Hunger zusammen. Ich muss hier weg. Ich muss zurück. Ich breite die Flügel aus und meine Beine geben unter mir nach, weil der Schmerz in meinen Flügeln mich zu Boden ringt. Ich atme schwer. Ich kann meine Flügel nicht gebrauchen. Ich kann nicht fliegen. Ich schließe die Augen und hole mehrmals tief Luft. Mühsam stehe ich wieder auf und bemühe mich meine Flügel möglichst wenig zu bewegen. Auf allen Vieren setze ich mich in Bewegung. Ich wage es nicht mich zurück zu verwandeln. Ich weiß nicht wo ich bin und was hier für Gefahren lauern. Vielleicht brauche ich Klauen und Zähne noch. Meine Krallen klirren auf dem steinernen Boden. Die Schatten von Felswänden fallen auf mich. Während ich mich vorwärts zwinge merke ich immer mehr, dass ich mich irgendwo im Gebirge befinde. Ich sehe ein Plateau in einiger Entfernung und strebe darauf zu. Vielleicht kann ich von dort aus erkennen wo ich bin. Mein Schwanz pendelt hin und her, während ich an den Felswänden vorbei komme. Meine Flügel schmerzen, auch wenn ich mich ganz vorsichtig bewege. Endlich erreiche ich das Plateau und trete an die vordere Kante. Der Wind kitzelt an meinen Nüstern. Ich sinke auf die Hinterläufe. Meine Flügelspitzen berühren Stein und ich zucke vor Schmerz zusammen. Ich erkenne gar nicht. Ich weiß nicht wo ich bin und wo ich hin müsste, um meine Eltern zu finden. Im Sturm habe ich vollkommen das Zeitgefühl verloren, also könnte ich Tage von der gemieteten Hütte entfernt sein. Meinem Hungergefühl nach könnte es wirklich so sein, aber das ist schwer einzuschätzen.

Ich habe mich irgendwie durch einen Teil der Berge gequält, um vielleicht irgendwo Leute zu treffen. Selbst wenn es Menschen sein sollten. Auf dem Weg konnte ich immerhin an einem Bergbach etwas trinken, auch wenn das kalte Wasser in meinem Bauch schmerzt. Ich hatte solchen Durst. Hunger habe ich immer noch. Entsetzlichen Hunger! Ich traue meinen

Augen kaum. Da ist tatsächlich eine Höhle und das kurz bevor die Nacht anbricht. Vielleicht habe ich doch endlich etwas Glück. Mit letzter Kraft schleppe ich mich in die Höhle hinein. Ich kann den Geruch eines anderen Drachen wahrnehmen. Es muss eine Drachenhöhle sein. Bestimmt versteht der Besitzer dieser Höhle, dass ich hier bin, wenn ich ihm meine Situation erkläre. Ich krieche etwas in die Höhle hinein und lasse mich auf den Boden sinken. Meine Kraftreserven verlassen mich. Ich kann es förmlich spüren. In diesem Moment verwandele ich mich zurück und bleibe auf dem Boden liegen.

Ich kann vor Schmerz nicht richtig schlafen. Ich bin nur im Halbschlaf. Als ich ein Rauschen und Brausen höre öffne ich die Augen, bewege mich aber sonst nicht. Ein verlockender, köstlicher Duft dringt in die Höhle hinein. Gebratenes Fleisch! Mir läuft das Wasser im Mund zusammen. Ein Schatten taucht im Höhleneingang auf. Zumindest sieht es im ersten Moment so aus. Dann erkenne ich einen Drachen. Er ist nur etwas größer als ich, wenn ich verwandelt bin. Seine grünen Schuppen schimmern wie Smaragde aus Licht in den Sonnenstrahlen, die ihn von hinten anstrahlen. Sein Maul und seine Klauen sind Blutverschmiert. Im Maul trägt er ein junges Reh, das teilweise zwischen seine Vorderbeine pendelt. Das Fleisch dampft und ich möchte am liebsten aufspringen, um mir ein Stück herauszureißen. In diesem Moment blicken mich seine roten Augen durchdringend an. Er lässt seine Beute fallen und springt mit einem tiefen Knurren auf mich zu. Ich kauere mich zusammen und kann ihn nur anstarren. Seine Zähne sind gebleckt, als er seinen Kopf zu mir herab senkt. Ich habe gerade wirklich Angst. Er wirkt gefährlich und wild. Mein Magen heult unwillkürlich auf und ich krümme mich noch mehr zusammen. Der fremde Drache knurrt mich an. Dann dreht er sich um und kehrt zu seiner Beute zurück. Ich kann mich vor Angst nicht rühren. Ob ich mit diesem Drachen

wirklich reden kann? Laut knurrend reißt er den Kopf zurück. Gesittet essen ist bei ihm wohl eher nicht. Sein Kopf dreht sich zu mir. Er schleudert ein überraschend großes Stück Fleisch in meine Richtung und widmet sich dann wieder dem Rest seiner Beute. Zögerlich greife ich nach dem was er mir hingeworfen hat. Es ist gebraten, aber auch teilweise blutig. Ich beobachte ihn beim Essen. Als er mich nicht weiter beachtet, wage ich es von dem Fleisch in meinen Händen abzubeißen. Er beachtet mich auch jetzt nicht. Nun schlinge ich gierig das Fleisch hinunter. Ich habe solchen Hunger, dass ich den Knochen so weit ich es kann abnage.
Zerbeiß den Knochen. Das Knochenmark sättigt gut., höre ich eine tiefe Stimme in meinen Gedanken.
Der Kopf des grünen Drachen ist wieder in meine Richtung gedreht. Sein Maul ist voller Blut, das er sich, während er mich mustert ableckt. Ich fühle mich merkwürdig unter diesem Blick. Nacktheit ist für Drachen kein Thema, aber unter seinem Blick fühle ich mich so entblößt wie nie zuvor.
„Danke.", murmele ich und beiße fester auf den Knochen. Es knackt und splittert unter meinen Zähnen. Da ist etwas leckeres. Ich lecke es auf. Knochenmark! Ich verschlinge alles was ich kriegen. Mein Gegenüber schnaubt, nachdem er den letzten Rest Blut von seinem Maul entfernt hat. Dann zieht sich sein Körper zusammen. Die Schuppen biegen sich auseinander. Seine schillernden Flügel werden kleiner. Ich muss blinzeln. Er hat sich zurück verwandelt. Ich starre ihn an. Noch nie habe ich einen Drachen gesehen, der so gut aussieht. Seine Haut ist gebräunt. Er ist durchtrainiert, muskulös. Selbst mit all den blauen Flecken nach der Rückverwandlung ist alles was ihn beschreiben könnte ein Wort. Heiß! Seine braunen Haare sind wild zerzaust.
„Du kannst die Nacht hier verbringen, aber morgen bist du wieder weg.", sagt er schließlich.
Seine Stimme verursacht mir eine Gänsehaut. Wow! Nicht weit

von mir entfernt legt er sich auf den Höhlenboden. Seine roten Augen fixieren mich und mir wird seltsam flau im Magen. „Danke.", murmele ich noch einmal mit matter Stimme. „Schlaf jetzt.", grollt er mich an und ich zucke zusammen.

2. Maska – Brüllen

Ich öffne die Augen im ersten Morgengrauen. Ich spüre das Aufgehen der Sonne wie ein Prickeln im Nacken. Dieser zahme Drache, der gerade noch in meiner Höhle schläft, kann das bestimmt nicht mehr spüren. In früheren Zeiten konnte das alle Drachen, aber manche haben es vergessen. Ich betrachte den schlafenden Jungen dort auf dem Boden. Er sieht gut aus. Etwas zierlich. Zerzaustes schwarzes Haar. Zum verschlingen süß. Ich muss wieder an seine großen, orangegoldenen Augen denken. Sie haben mich gestern Abend so zögerlich, fast ängstlich, angesehen. Wie das Kaninchen die Schlange. Niedlich. Ich sollte ihn raus werfen, sobald er aufwacht. Einen zahmen Drachen kann ich nicht gebrauchen, besonders nicht wenn er mich auf solche Gedanken bringt. Er bewegt sich im Schlaf und beim Anblick seines Rücken bleibt mir die Luft weg. Die feinen, schwarzen Linien, die sich zu seinen Flügel zusammen setzen, sind an etlichen Stellen rot umrandet. Seine Flügel müssen ziemlich verletzt gewesen sein, wenn die Flügelkanten selbst jetzt noch gerötet sind. In mir zieht sich alles zusammen. Armer, kleiner Drache! Ich strecke meine Hand aus und zucke zurück kurz bevor ich ihn berühre. Am liebsten würde ich ihn in den Arm nehmen. Er muss einiges mitgemacht haben, ehe er hierher gekommen ist. Ein zäher klein Kerl, wenn ich bedenke, dass es mindestens drei Stunden Flug bis zur nächsten Wohnstatt von Menschen oder Zahmen sind. Bei günstigem Wind! Einen zahmen Drachen, in seinem Alter, der sich bei dem Wetter der letzten Tage zu mir

durchgeschlagen hat, muss hart im Nehmen sein. Respekt! Er brummt und bewegt sich wieder. Dieses Mal jedoch wacht er auf. Seine Lider zucken. Dann blinzelt er ins Morgenlicht.
„Morgen.", murmelt er verschlafen und reibt sich über die Augen.
Süß! Er streckt sich einmal und ich sehe lieber an die nächste Höhlenwand. Wir wilden Drachen tragen zwar nur selten Kleidung, aber dieser Jungling wirkt irgendwie anders auf mich. Verlockend!
„Morgen.", gebe ich zurück.
Ich sollte ihn jetzt raus schmeißen. Besser sofort! Ich sehe zu ihm zurück. Ich kann es nicht. Er wirkt so zierlich, verletzlich und angreifbar.
„Ich sollte los. Ich muss zurück.", sagt er dann.
Ich bin überrascht, aber auch erschrocken.
„Kannst du mit deinen Flügeln überhaupt schon fliegen?", frage ich ihn.
„Woher weißt du …?", entkommt es ihm.
„Deine Flügelkanten sind immer noch rot. Dein Rücken.", antworte ich ihm.
„Ich muss es versuchen. Meine Eltern werden sich Sorgen machen.", sagt er.
„In meiner Welt sind Drachen erwachsen, sobald sie sich das erste Mal verwandelt haben.", erkläre ich ihm und frage mich, warum ich so offen bin.
„Ich lebe nicht in deiner Welt.", ist seine Reaktion und er sieht zum Höhleneingang.
Ich spüre Bedauern. Er sollte in meiner Welt leben. Das möchte ich, wird mir gerade klar. Ich weiß noch nicht warum, aber er ist niedlich und ich würde gerne mehr von ihm wissen.
„Eine Schande.", sage ich ohne lange darüber nachzudenken.
Sein Kopf dreht sich zu mir herum. Er sieht überrascht aus. Dann schüttelt er den Kopf und steht auf. Ich stütze mich auf einen Arm und mustere ihn genüsslich. Es gefällt mir. Er gefällt

mir. In beinahe 100 Jahren habe ich niemanden getroffen, der mir so gefallen hätte, auch wenn ich nicht sonderlich enthaltsam gelebt hatte. Ich könnte diesen Jungling einfach packen und mich mit ihm vereinigen. Ich schüttele den Kopf, als er mir bereits den Rücken zuwendet. Er ist ein zahmer Drache. Ich glaube nicht, dass er mit dieser Art von Sex klar kommen würde. Seine Schritte sind schnell. Es scheint fast, als würde er flüchten. Ich zwinge mich liegen zu bleiben, obwohl ich ihm gerade gerne folgen würde. Solche Gedanken sind wie Gift, wenn man es mit einem zahmen Drachen zu tun hat. Ein dumpfer Aufprall bringt mich dazu aufzuspringen und aus der Höhle zu laufen. Er liegt am Boden. Sein Atem geht seltsam rasselnd. Er richtet sich gerade wieder auf. Mir bleibt die Luft weg, als sich goldene Reflexe auf seinen onyxschimmernden, schwarzen Schuppen abzeichnen. Er hat die Größe eines Rehs, sein Kopf ist schmal und an jedem Flügel befinden sich mehrere Krallen. Ich habe noch nie einen Drachen gesehen, der einen Zackenkamm mit so kleinen Zacken über Hals, Rücken und Schwanz laufen hat. Unruhig schlägt sein Schwanz durch die Luft. Er knurrt und hebt den Kopf. Das Geräusch, das er ausstößt, klingt merkwürdig. Nicht ganz Brüllen, nicht ganz Krächzen. Ich kann nicht anders als laut zu lachen. So etwas habe ich noch bei keinem Drachen gehört. Soweit ich weiß können Drachen eigentlich von Natur aus brüllen. Selbst die Zahmen. Er dreht sich zu mir herum und knurrt mich an, aber ich kann nicht aufhören zu lachen. Das ist einfach zu komisch. Mit einem Schwanzhieb schlägt er mir die Beine weg und ich lande auf dem Hintern. Sein Kopf ist direkt über mir und er hat die Zähne gefletscht.
„Oh man.", pruste ich und schnappe nach Luft. Ich kann mich immer noch nicht wirklich wieder einkriegen. „Können zahme Drachen nicht mal mehr richtig brüllen?"
Ich bin nicht zahm., höre ich seine Stimme in meinem Kopf und er schnappt mit den Zähnen dicht neben meinem Kopf zu.

Ich habe mich fast wieder beruhigt, aber bei dieser Geste muss ich erneut lachen. Sein Knurren wird dunkler. Im selben Moment verwandele sich mich und stoße ihn mit den Pfoten von mir runter. Meine Krallen streifen kurz seine Schuppen. Wir rappeln uns beide wieder auf die Pfoten auf. Jetzt habe ich aufgehört zu lachen.
Du musst die Luft gleichzeitig durch beide Lungen ausatmen, während du versuchst zu brüllen., teile ich ihm mit und springe auf einen nahegelegenen großen Felsen. Ich atme tief durch und brülle laut auf. *Jetzt du, Zahm-Drache.*
Ich habe damit gerechnet, dass er mich anknurrt, aber das tut er nicht. Stattdessen starrt er mich mit riesigen Augen an. Sein Schwanz zuckt heftig. Ich könnte wetten, dass er Angst hat. Ich gehe auf ihn zu und er weicht zurück.
Ich kann nicht., höre ich seine Gedankenstimme und auch in ihr kann ich Angst hören.
Dieser Drache wirkt selbst verwandelt so hilfsbedürftig, dass es selbst einem wilden Drachen Mitleid abringt. Mir zumindest! Ich will ihm helfen.
Was ist los? Kann ich dir helfen?, frage ich ihn vorsichtig.
Er legt den Kopf leicht zur Seite. Dieser Drache ist überrascht.
Ich verbrenne mich wieder., es ist nur ganz leise zu hören, aber ich verstehe es.
Er setzt sich auf die Hinterläufe und schlingt den Schwanz um sich selbst. Verschämt. Natürlich. Welcher Drache hat schon Angst sich zu verbrennen?
Bleib ganz ruhig., ich nähere mich ihm und hole ihn ein, obwohl er zurück weicht. Ich berühre seine Nüstern mit meinen und blase ihm meinen Atem entgegen. *Solange du beide Lungen gleichzeitig öffnest, kann kein Feuer herauskommen.*, versichere ich ihm.
Manche Drachen brüllen beim Feuerspeien., erinnert er mich.
Ich stoße mit meiner Schnauze leicht seinen Hals an und erkläre: *Wenn man genug Übung hat, kann man als Drache*

auch richtig brüllen, wenn man nur durch die Feuerlunge atmet.
Kannst du es?, er ist neugierig.
Selbst wenn geht es dich nichts an., wiegele ich ab und stoße ihn noch einmal leicht an. *Jetzt versuche zu brüllen.*
Er zögert und ich klopfe ihm mit der Schwanzspitze auf den Kopf. Nur eine Schuppebreit von der Stelle wo sein Zackenkamm beginnt. Er schnappt nach mir. Ich kann mich nicht zurück halten und gurre in seine Richtung. Er starrt mich aus großen Augen an. Seine Brust weitet sich als er tief Luft holt. Ein lautes Brüllen hallt von den Felswänden wieder. Ich hebe stolz den Kopf und brülle noch etwas lauter als er.
Wow., höre ich ihn denken.
Siehst du, war doch gar nicht so schlimm., stelle ich fest und drehe den Kopf herum. Ich nicke in Richtung des Felsens auf dem ich vorher noch gestanden habe. Ich kann selbst kaum glauben, was ich hier tue, aber ich mache weiter. *Brülle von dort. Zeigen wir den anderen Drachen, dass jemand neues hier ist.*
Einige Sekunden sieht er mich an. Zögernd geht er schließlich auf den Felsen zu. Davor stehend sieht er wieder zu mir. Ich nicke ihm zu. Mit einem Satz ist er auf dem Gesteinsbrocken. Er hebt den Kopf und brüllt aus voller Kehle. Das Echo klingt durch die Berge. Mehrfaches Gebrüll kommt schließlich wieder bei uns an. Das erste Mal sehe ich diesen jungen Drachen voller stolz strotzen. Ich schnaube. Er springt vom Felsen und tritt mir ernst gegenüber.
Danke. Ich bin Ciaran., sagt er zu mir.
Mein Name ist Maska., stelle ich mich vor.

3. Ciaran – Edelsteine

Maska wendet sich in Richtung seiner Höhle. Sein Schwanz

schlingt sich um eines meiner Vorderbeine und zieht daran.
Was soll das?, frage ich überrascht.
Komm mit. Wir müssen deine Flügel behandeln., eröffnet er mir.
Er geht auf den Höhleneingang zu und ich folge ihm. Es stimmt ja. Meine Flügel schmerzen nach der Tortur im Sturm. Vielleicht weiß dieser wilde Drache tatsächlich etwas, das mir helfen kann. Jedenfalls klingt er so. Sobald er die Höhle betritt, verwandelt er sich zurück. Ich tue es ihm nach und wünsche mir zum ersten Mal Kleidung. Obwohl er mich nicht ansieht, fühle ich mich seltsam, wenn ich nackt in seiner Nähe bin. Er geht voran. Wir betreten einen Gang, der tiefer in den Berg hinein führt. Fackeln flammen an den Wänden auf. Ich bin sicher, dass Maska sie mit seinem Feuer anzündet, auch wenn ich es nicht genau sehen kann, da es vorher in der Höhle so dunkel war. Ehrlich gesagt, bin ich auch von ihm abgelenkt. Er sieht echt heiß aus und dieser Hintern. Ich beiße mir auf die Unterlippe. Ich sollte nicht darüber nachdenken. Von den wilden Drachen habe ich schon genug gehört. Gefährliche Typen, die sich nicht gerne an irgendwelche gesellschaftlichen Regeln halten. Sie kämpfen rücksichtslos und man sagt, dass sie oft und gerne Sex haben, mit wechselnden Partnern. Und von Drachen, die Umgang mit Menschen haben, in ihrer Welt leben, halten sie nicht viel. Nachdem er mich Zahm-Drache genannt hat, gehört er wohl eindeutig zu diesen wilden Drachen. Ich sollte mich von seinem wahnsinns Aussehen nicht beeindrucken lassen und lieber dankbar sein, dass er bereit ist mir zu helfen. Noch während ich mir darüber Gedanken mache und versuche mich selbst zu ermahnen, entdecke ich eine Abzweigung, die ins Dunkel führt. Ich mache einen Schritt hinein. Im nächsten Augenblick umschließt eine Hand mein Handgelenk und zieht mich heraus. Ich lande an der Wand. Das pocht in meinen Flügeln, doch ich vergesse es fast sofort wieder. Maska ist mir unglaublich nah. Sein Körper fühlt sich

gut an meinem an. Nein! Das darf nicht passieren. Mein Inneres zieht sich zusammen. Bevor ich noch irgendwie reagieren kann, tritt er zurück und dreht sich weg. Ich kann noch erkennen, dass seine roten Augen aufgewühlt funkeln. „Halte dich von diesem Gang fern.", faucht er und geht weiter den Weg entlang, dem wir bisher gefolgt sind.
Seine Worte klingen so böse, dass ich lieber nicht frage was das zu bedeuten hat. Mutter hat mal gesagt, dass ich mich vor wilden Drachen hüten solle. Das sollte ich wohl tatsächlich. Maska ist bestimmt der wohl attraktivste Drache, den ich jemals gesehen habe, aber auch gefährlich, wie mir scheint.

Wir erreichen eine wieder etwas größere Höhle. Von hier aus geht es nicht weiter. Unzählige Nischen befinden sich in den Wänden und rechts von mir ist eine Art steinernes Becken mit Wasser. In den Nischen befinden sich etliche getrocknete Pflanzen. Verschiedenste Gerüche gehen von ihnen aus. Maska dreht sich wieder zu mir um. Er wirkt nicht mehr ganz so verärgert, wie im Gang, aber seine Stimme klingt dennoch immer noch härter als vorher: „Du musst dich auf den Bauch legen."
Ich weiß nicht genau warum, aber ich folge seiner Anweisung, während er durch die Höhle läuft. Ich höre seine nackten Füße auf dem Steinboden. Ich stelle mir vor, wie seine Muskeln sich bewegen, wenn er sich nach etwas streckt. Mich überläuft ein heißkalter Schauer. Das sollte ich mir nicht vorstellen. Ganz und gar nicht! Feuer knistert in der Luft.
„Maska?", frage ich vorsichtig.
„Entspann dich, Ciar.", sagt er.
Ich bin vollkommen verblüfft. Niemand hat mich je so genannt, aber es fühlt sich nicht unangenehm an. Etwas warmes tropft auf meinen Rücken. Ich bemühe mich entspannt zu bleiben, wie er es wollte. Ich spüre seine Hände auf meinem Rücken. Was auch immer er auf meinen Rücken gegeben er verteilt es

und reibt es in meine Haut ein und damit auch in meine Flügel. Seine Hände sind geschickt, warm und sehr angenehm. Ich versuche es nicht zu sehr zu genießen, aber es ist zwecklos. Das ist einfach zu gut. Aber irgendwann hört er auf und sagt zu mir: „Bleib liegen bis es getrocknet ist. Du solltest morgen wieder fliegen können. Ich gehe jetzt jagen."
Ich komme nicht dazu etwas zu erwidern, so schnell ist Maska verschwunden. Ich bleibe liegen und versuche meine aufgewühlten Hormone zu beruhigen. Ich darf verdammt noch mal nicht so auf ihn reagieren.

Ich spüre, dass was auch immer Maska zusammengemischt hat, getrocknet ist und richte mich auf. Es fühlt sich jetzt krümelig an und irgendwie als würde trockene Erde oder Sand über meinen Rücken rieseln, als ich aufstehe. Ich sehe mir an, was zu Boden gerieselt ist. Zerriebene, getrocknete, grüne Pflanze würde ich sagen, auch wenn ich nicht sagen kann welche. Ich mache mich auf den Weg zur vorderen Höhle. Es wird gut sein, wenn ich endlich hier weg fliegen kann. Dieser wilde Drache wühlt mich zu sehr auf. Auf dem Weg komme ich erneut an der Abzweigung vorbei, an der Maska vorhin ausgeflippt ist. Ich frage mich was ihn so wütend gemacht hat. Was mag sich hinter diesem Tunnel verbergen. Es gibt so viele Möglichkeiten. Vielleicht ja ein Geheimnis der wilden Drachen. Die Neugier kribbelt förmlich in mir. Ich sollte nicht neugierig sein. Es wäre besser für mich, wenn ich einfach weiter gehen und in der vordersten Höhle warten würde bis Maska zurück kommt. Das wäre vernünftig. Leider bin ich nur in den seltensten Fällen vernünftig und die Neugier ist einfach zu groß. Ich sehe mich etwas näher um und entdecke eine Fackel an einer der Wände. Wie kriege ich die jetzt angezündet? Ich schlucke bei dem Gedanken. Dann fallen mir die Fackeln im vorigen Tunnel ein. Ich gehe die zwei Schritte zurück und löse eine der Fackeln aus der Vorrichtung im Fels.

Es ist einfach gemacht, aber effektiv. Maska scheint handwerklich recht geschickt zu sein. Obwohl … Ob er das selbst gemacht hat? Vielleicht kann ich ihn später fragen. Ich halte die Flammen der brennenden Fackel an die erste Fackel im abzweigenden Tunnel. Jetzt bin ich nahe genug dran, um zu sehen was passiert. Offenbar verbindet eine Art Faden die einzelnen Fackeln, so dass die Fackeln im Gang eine nach der anderen zu brennen beginnen. Ich seufze. Verräterisch. Nun ist es zu spät. Vielleicht merkt er es nicht, wenn ich die Flammen lösche bevor er zurück ist. Hoffentlich. Jetzt wo die Fackeln schon einmal brennen will ich auch nicht mehr zurück. Ich will wissen was sich hier verbirgt. Ich kann nur hoffen, dass Maska länger zum jagen braucht, so dass ich meine Spuren verwischen kann.

Ich bleibe wie angewurzelt stehen. Das ist unglaublich. Ein richtiger Schatz. Gold, Silber, Edelstein … Mein Blick wird wie magischen von letzteren angezogen. Ich liebe Edelsteine, ihre Farbenpracht, das Glitzern, das eingefangene Licht. Die meisten Drachen lieben sie und offenbar bilden die wilden Drachen da keine Ausnahme.
„Wer nicht richtig fliegen, brüllen und feuerspeien kann ist kein richtiger Drache?", erinnere ich mich an die Worte meines Großvaters.
Ich presse die Lippen zusammen. Zumindest was Edelsteine angeht bin ich ein richtiger Drache und brüllen kann ich inzwischen auch. Dank Maska. Mein Magen krampft sich zusammen und plötzlich fühle ich mich schuldig, weil ich hier bei seinem Schatz stehe. Mein Blick fällt auf einen glänzenden grünen Smaragd. Er hat die Form einer Drachenschuppe. Der Edelstein erinnert mich an eine ganz bestimmte Schuppe. Er ist geformt wie eine der Schuppen an Maskas Nüstern. Mit ihr hat er meine Schnauze berührt. Ich knie mich hin und strecke meine Hand danach aus. Im nächsten Moment greift eine starke

Hand nach einem Arm und ich werde in den Zugangstunnel zurück geschleudert. Ich pralle hart gegen das Gestein und kann für einen Moment nicht atmen. Ich sehe auf. Maska steht über mir. Seine roten Augen funkeln mich vor Zorn an. Sein Körper ist verkrampft vor Wut. Er kommt näher. Ich bin erstarrt vor Angst. Ich habe viele Geschichten über wilde Drachen gehört, die andere Drachen im Zorn getötet haben. Fest packt er mich am Arm und schleift mich mit sich. Ich stolpere keuchend hinter ihm her. Was habe ich nur gemacht? Wieso habe ich nur nicht auf ihn gehört?
„Da helfe ich einmal einem zahmen Drachen und dann so etwas.", knurrt Maska im Gehen vor sich hin. Nur kurz sieht er zu mir. „Ich habe dich aufgenommen, dir das Brüllen beigebracht und deine Wunden geheilt, und was machst du? Du gehst an meine Schätze, greifst danach."
Ich fühle mich schlecht und starre zu Boden. Wenn er mich nicht mitziehen würde, wäre ich vermutlich gefallen.
„Das wollte ich nicht.", flüstere ich vor mich hin.
Maska schnaubt nur und zerrt mich weiter.

4. Maska – Feuer

Ciar starrt in den Regen hinaus. Ich sitze am Zugang zum Tunnel, der weiter in den Berg hinein führt. Am liebsten würde ich ihn im Moment einfach raus werfen, aber er wirkt so zerbrechlich, dass ich es bei diesem Wetter einfach nicht über mich bringe. Er hat nichts von all den Drachen, die ich sonst kenne und trotz seines Verhaltens ist gerade das furchtbar verlockend.
„Leg dich schlafen.", grolle ich in seine Richtung und sehe wieder zu einer der Wände.
Er soll auf keinen Fall denken, dass er irgendetwas besonderes für mich ist. Es wäre für uns beide viel besser, wenn er schnell

von hier verschwinden würde.
„Ich kann nicht.", stößt er aus. „Können wir reden?"
„Schlaf.", knurre ich gefährlich.
Ich werfe ihm einen Blick zu. Tatsächlich legt er sich hin. In die Nähe des Eingangs, den Rücken mir zugewandt. Ich habe ihm ein paar zusätzliche Schürfwunden beschert, aber das muss nicht behandelt werden. Diese Stellen müssten Morgen schon verheilt sein. Ich glaube nicht, dass er schläft, aber wenigstens redet er nicht mehr. Jetzt wo er mit dem Rücken zu mir liegt betrachte ich ihn wieder eingehend. Ich kann nicht anders. Mir kommt wieder der Gedanke wie es wäre mit ihm Sex zu haben. Ich schüttele den Kopf, um diese Gedanken los zu werden.

Irgendwann bin ich eingeschlafen. Dabei wollte ich das gar nicht. Nicht, dass er wieder in meine Schatzkammer eindringt. Als ich jetzt die Augen öffne, sitzt er am Höhlenausgang und starrt wieder in den Regen hinaus. Wenn ich das richtig sehe, ist das Wetter noch fieser geworden. Ciars Blick richtet sich auf mich. Ich kann nicht verhindern, dass ich zum Tunnel sehe.
„Das würde ich nicht tun.", sagt er.
„Du hast es schon einmal getan.", erinnere ich ihn dunkel.
„Nein.", knurrt er.
„Ich hab dich dort gesehen.", presse ich grimmig heraus.
„Ich war nur neugierig."
„Du hast nach den Edelsteinen gegriffen, als ich rein kam.", grolle ich und merke, dass meine Stimme vor Wut wieder dunkler wird.
„Nicht aus Habgier.", flüstert er.
Ich betrachte ihn eingehend. Ich bin verwirrt, wie ehrlich er aussieht. Um ihm zu glauben, muss ich aber mehr wissen.
„Was dann?", frage ich vorsichtig. Er beißt sich auf die Unterlippe und sieht wieder in den Regen hinaus. Offenbar will er es nicht sagen. „Bei diesem Wetter müssen wir hier noch etwas länger zusammen bleiben, also wäre es gut, wenn wir

uns nicht misstrauen müssen."
„Der Smaragd hat mich an deine Schuppen erinnert.", sagt er nachdem etwas Zeit verstrichen ist und es erstaunt mich wirklich, aber irgendwie glaube ich ihm. Schnell wechselt er das Thema, aber ich bin entschlossen das hier später noch einmal anzuschneiden. „Hier wird es selbst für Drachen kalt." Da hat er Recht. Ich stehe auf und gehe zu der Wand vor der ich für Notfälle Holz gestapelt habe. Im Winter kann selbst ein wilder Drache ein Lagerfeuer gebrauchen. Und manchmal sogar in anderen Jahreszeiten. Ich schichte etwas Holz auf und sehe Ciar an: „Mach du doch das Feuer."
„Mach du.", flüstert er.
Als ich ihn ansehe, zittert er und es ist ganz bestimmt nicht die Kälte, denn es ist nicht kalt genug, um einen Drachen zittern zu lassen. Eine Flamme verlässt meinen Mund und der Holzhaufen beginnt zu brennen. Obwohl mich meine eigenen Gedanken über diesen Drachen zur Vorsicht gemahnen, setzte ich mich neben ihn und lege ihm eine Hand auf den Unterarm. Er sieht mich mit großen, fragenden Augen an. Süß!
„Erkläre mir was mit dir los ist, Ciar.", verlange ich mit möglichst ruhiger Stimme. Er sieht zur Seite und fängt wieder zu zittern an. „Wovor hast du Angst, Ciar? Du kannst es mir wirklich sagen. Hat es mit dieser Verbrennung zu tun? Als du dich beim Brüllen verbrannt hast?"
„Ja.", er murmelt es so leise, dass ich es nur mit Mühe und Not verstehen kann.
Ich lege ihm eine Hand auf den Rücken und streiche über seine warmen Flügel. Sie regen sich ganz leicht unter meinen Fingern. Er schließt die Augen. Offenbar gefällt ihm das.
„Tief in dir steckt ein Mut, der alles bewältigen kann.", flüstere ich ihm beschwörend zu.
„Großvater sagt was anderes.", erwidert er und seine Stimme klingt traurig. „Er hält mich nicht für einen richtigen Drachen."
Ich knurre unbewusst. Seine Augen öffnen sich und er sieht

mich stirnrunzelnd an. „Was knurrst du? Du denkst doch dasselbe."
„Nein.", widerspreche ich ärgerlich. „Du bist ein zahmer Drache, aber immer noch ein Drache. Weißt du, auch Drachen haben Probleme. Egal, ob sie zahm oder wild sind. Dein Problem ist eine schlechte Erfahrung, der du dich stellen solltest."
„Denkst du?", fragt er voller Zweifel.
Ich sehe ihn fest an, damit er begreift, dass ich alles was ich jetzt sage genau so meine, wie ich es sage: „Ja, genau das denke ich, Ciar. Du bist ein Drache und das Feuer ist in dir. Es ist ein Teil von dir. Es ist in deinem Blut, in deinem Herzen, selbst in deinem Geist. Du musst es nur versuchen, Ciar."
„Ich kann nicht, Maska. Ich habe Angst.", flüstert er und schließt wieder die Augen. Dieses Mal allerdings aus anderen Gründen, wie ich vermute. „Ich habe es nur einmal versucht und du hast keine Ahnung, wie weh es getan hat."
„Du hattest schon vorher Angst, oder?", frage ich und gehe erst einmal nicht auf das andere ein.
„Wie kommst du darauf?", ist seine Gegenfrage.
„Ich habe nur von einem einzigen Drachen gehört, der sich jemals beim Feuerspeien verletzt hat und er hatte Angst davor.", teile ich ihm mit.
„Das hilft mir jetzt gerade nicht.", brummt Ciar.
Ich lege ihm eine Hand auf die rechte Brust. Seine Augen werden groß und ich beiße mir auf die Unterlippe. Ich stelle mir hier gerade selbst ein Bein, aber ich habe einmal angefangen und werde jetzt nicht aufhören. Das würde ihn nur noch mehr verunsichern.
„Hier liegt deine Atemlunge, Ciar." Er nickt. War klar, dass er das weiß, aber ich mache trotzdem weiter. Ich tippe ihm ein Stück weiter links auf die Brust. „Und dort deine Feuerlunge," Wieder nickt er. „Du hast beim Brüllen gezeigt, dass du beide Lungen im Griff hast." Er sieht mich verwirrt aus seinen

orangegoldenen Augen an und dieser Blick stellt mich auf eine harte Probe. „Wenn du deine Atemlunge komplett verschließt und nur durch deine Feuerlunge atmest, steigt das Feuer in einer ganz bestimmten Weise auf und verletzt dich nicht. Tust du das nicht, verändert der Luftstrom aus deiner Atemlunge den Weg des Feuers und du verbrennst dich."
„Woher weißt du das?", fragt er überrascht.
„Ich bin vielleicht ein wilder Drache, aber ich kann sogar lesen und schreiben.", erwidere ich bissig und lasse ihn wieder los.
„So war das nicht gemeint, aber das hat mir nie jemand so erklärt. Ich weiß wo beide Lungen liegen und wozu sie gut sind, aber nicht so detailliert wie du.", rechtfertigt sich Ciar.
Ich hole tief Luft und sehe ins Feuer. Ihm zu helfen ist gefährlich für mich, aber ich kann nicht anders.
„Verstehe.", murmele ich. „Willst du es mal versuchen?"
„Später.", weicht er aus.
Ich lasse es erst einmal dabei bewenden. Vielleicht kann ich ihm helfen, wenn ich mehr über seine Situation weiß.
„Erzähl mir von dir, deinem Leben und deiner Familie.", fordere ich ihn auf.
Er sieht mich einige Sekunden an, ehe er sagt: „Nur wenn du mir auch von dir erzählst."
Ich überlege etwas und stimme schließlich zu: „Einverstanden!"
„Dann sag mir wie alt du bist. Ich habe schon von Großvater erzählt.", meint er.
Schlitzohr!
„Ich kann es nicht ganz genau sagen, Ciar. Warum sollten wir Drachen die Jahre zählen, wo wir bis zu 5000 Jahre alt werden können?", erwidere ich.
„Da ist was dran." Ciar kichert. „Aber so leicht lasse ich mich trotzdem nicht abspeisen, Maska. Sags mir ungefähr."
Ich überlege und antworte ihm schließlich: „Ich schätze nicht ganz hundert Jahre."

„Also noch nicht so alt.", grinst er.

Drei Tage voller Regen sind vergangen. Zum Glück habe ich bei meiner letzten Jagd die dunklen Wolken gesehen und etwas mehr erlegt. Wir müssen wenigstens nicht hungern. Allerdings habe ich jetzt ein Problem. Ciar und ich haben viel geredet in diesen Tagen und mit jedem Moment, den ich mit ihm verbracht habe, mag ich ihn mehr. Ich will mir nicht vorstellen, dass er wieder fort geht. Am liebsten würde ich ihn fest binden, aber das kann ich nicht und das frustriert mich bis aufs Blut. Vor allem da es gerade zu regnen aufhört. Ciars Blick ist finster nach draußen gerichtet. Es scheint ihm auch nicht zu gefallen.
„Sieht aus, als müsste ich los.", wispert er.
Leider. Ich nicke.
„Willst du vorher nicht mal versuchen Feuer zu speien?", frage ich, aber eigentlich nur, um ihn noch etwas länger hier zu behalten.
„Ich weiß nicht.", flüstert er.
Ich greife nach seiner Hand und will wissen: „Vertraust du mir, Ciar?" Er nickt etwas und ich lächele. „Dann vertrau mir, wenn ich dir sage, dass ich ganz und gar sicher bin, dass du es kannst."
„Ich versuche es.", stimmt er zu.
„Komm. Versuche es erst mal in Drachengestalt."
Wir verlassen die Höhle und er verwandelt sich. Ohne darüber nachzudenken lege ich meine Hand auf seine warmen Flanken. Es ist angenehm.
Bleib so., fordert Ciar mich auf und ich bewege keinen Muskel. Ich kann fühlen, dass sich die Muskeln unter den Onyxschuppen anspannen und wie er tief einatmet. Sein Körper erwärmt sich. Sein Maul öffnet sich und ein kurzer Flammenstrahl schießt heraus. Ich schlinge meine Arme um seinen geschuppten Hals.
„Ich wusste doch, dass du es kannst."

Danke, Maska. Du bist einer der besten Drachen, denen ich je begegnet bin., teilt er mir mit und seine Gedankenstimme klingt bitter. *Ich sollte jetzt losfliegen.*
„Ich begleite dich. Du verfliegst dich nur.", das ist es was ich sage, aber mich treibt purer Eigennutz.
Ich will noch mehr Zeit mit ihm verbringen.

5. Ciaran – Fliegen

Ich fühle mich unglaublich erleichtert. Jeder Moment, den ich noch mit Maska verbringen kann, ist mir kostbar. Er ist bestimmt keiner der Drachen, die ich sonst kenne, aber er ist ein unglaublicher Drache. Vielleicht der beste, den ich je getroffen habe. Stark, klug, gutaussehend und für mich da. Ich beobachte seine Verwandlung und spüre das ungewohnt Verlangen ihn zu beißen. Vorzugsweise direkt in den Nacken. Ich schüttele mich, um diesen Gedanken loszuwerden. Was ist nur jetzt wieder mit mir los?
Komm., fordert mich Maska auf.
Als ich meine Flügel ausbreite, habe ich ein mulmiges Gefühl. Ich bin kein guter Flieger und das wird er auch merken. Er hebt zuerst vom Boden ab. Ich folge ihm und trudele beim Start. Als er den Kopf dreht, um zu mir zu sehen, habe ich mich glücklicherweise wieder gefangen. Seine Bewegungen sind kraftvoll und geschmeidig. Mein Herz pocht stärker, ein Gefühl das ich in den letzten Tagen öfter hatte, aber dennoch immer noch neu für mich ist. Nach kurzem wird er schneller und ich versuche alles, um mit ihm mitzuhalten. Vergebens! Ich brülle auf und er dreht sich in einer fließenden Bewegung herum. So möchte ich fliegen können. Er bremst ab und legt den Kopf schief. Seine roten Augen mustern mich, während ich ihm näher komme.
Spüre dem Wind nach, Ciar., ermahnt er mich.

Ich verstehe nicht., gebe ich zu und fühle mich beschämt. So ungeschickt wie ich mich anstelle wird er mich doch nie mögen. Es ist besser für mich, aber der Gedanke tut verdammt weh.
Achte darauf, wie der Wind sich bewegt. Mache es dir leicht. Gleite auf dem Wind. Drehe die Kanten deiner Flügel, um den Wind richtig einzufangen. Sei wachsam., erklärt er mir und zeigt damit eine Geduld, die ich ihm nicht zugetraut hätte, als wir uns das erste Mal begegnet sind.
Ich bemühe mich seinen Worten folge zu leisten. Es geht etwas besser, aber er muss dennoch immer wieder abbremsen, damit ich ihn nicht aus den Augen verliere. Ich fühle mich schrecklich. Noch nie kam mir mein ungeschicktes Fliegen als solche Last vor wie jetzt. Maska muss mich für einen vollkommenen Trottel halten. Erst kann ich nicht brüllen, dann muss ich zugeben, dass ich Angst vorm Feuerspeien habe und nun diese Blamage. Ich würde mich am liebsten in der nächsten Felsspalte verkriechen und nie wieder hervor kommen. Das ist so demütigend.

Ich habe keine Ahnung wie lange wir geflogen sind, als Maska zur Landung ansetzt. Ich hebe den Blick und sehe mich um. Die Sonne hat noch nicht mal ihren höchsten Stand erreicht. Ich drehe ihm meinen Rücken zu. Ich will seinen abwertenden Blick gar nicht sehen.
Strecke deine Flügel aus., sagt er zu mir und ich fahre zu ihm herum. Seine Augen sind ernst, aber ich sehe keinen Spott oder so etwas bei ihm. *Bevor du dich weiter so abquälst, lernst du jetzt ein bisschen was.* Ich senke den Kopf und schlinge beschämt meinen Schwanz um meinen Körper. *Du sollst deine Flügel ausstrecken, Ciar.*
Ich brumme, aber ich folge seinen Worten. Das ist grauenhaft. Ich komme mir vollkommen blöd vor, wie er mir jeden einzelnen Windstrom erklärt und mir beibringt sie zu erkennen

und zu nutzen. Oder wie ich meine Flügel bewegen muss, um bestimmte Winde einzufangen und andere zu umgehen. Maska macht mir jede Bewegung vor und ich komme mir total ungeschickt vor, als ich sie nachmache. So gut wie er kriege ich es einfach nicht hin.
Ich muss dir total blöd vorkommen., meine ich schließlich.
Weißt du wen ich für vollkommen blöd halt?, fragt er und schnaubt. Ich komme gar nicht dazu ihm zu antworten, denn das macht er selbst. *Deine Familie, besonders dein Großvater.*
Warum?, will ich erschrocken wissen.
Sie haben dir ja förmlich das Selbstbewusstsein genommen. Ein selbstbewusster Drache lernt diese Dinge selbst. Ich sehe wieder zu Boden. Er stößt mich an. *Nicht einknicken, Ciar. Ich weiß, dass du es kannst.*
Schön, ich aber nicht., gebe ich zurück.
Du hast gesagt, dass du mir vertraust. Ich nicke. *Dann hörst du mir jetzt zu. Ich hatte recht, als ich sagte, dass du brüllen kannst und auch als du Feuerspeien solltest. Also jetzt glaube mir, Ciar. Du bist ein Drache, ein starker Drache und ich weiß, dass du fliegen kannst.* Ganz Unrecht hat er damit nicht. Er hatte bisher immer recht was meine Kräfte angeht. *Und jetzt versuchen wir es noch einmal. Flieg ruhig in meinem Windschatten. Das hilft dir mit der Geschwindigkeit.*

In Maskas Windschatten ist es tatsächlich viel leichter zu fliegen, nur leider verändert sich unsere Umgebung jetzt. Wir müssen unsere Position verändern. Ich taumele etwas. In einer Bewegung schießt er nach oben. Er ist so schnell, dass ich nicht mitbekomme wo er hinfliegt. Plötzlich trifft mich ein Schlag am Schwanz. Mein Flug wird ruhiger. Im nächsten Moment ist er unter mir. Maska fliegt auf dem Rücken und sieht mit blitzenden roten Augen zu mir hinauf.
Halte deine Schwanz genau so, wenn du gerade ausfliegst., sagt er zu mir. Ich schließe für einen winzigen Moment die

Augen, um es mir einzuprägen. *Und jetzt fliegen wir höher. Versuch steil aufzusteigen.* Ich vertraue ihm, kippe die Flügel und hebe den Kopf an. Ich trudele und spüre einen erneuten Schlag gegen den Schwanz. Sofort steige ich in einer geraden Linie nach oben. Maska schießt an mir vorbei. *Merk es dir.*, fordert er wieder.
Dort wo es weniger eng ist, kehrt er in die Waagerechte zurück. Ich versuche ihm zu folgen und habe das Gefühl im nächsten Moment zu fallen. Ich brülle auf und schreie in Gedanken nach ihm: *Maska!*
Mein Rücken schmerzt als ich einen tritt dorthin bekomme. Ein Schlag gegen meinen Schwanz. Mein Körper dreht sich. Dann fliegen wir nebeneinander. Unsere Flügel berühren sich fast. Der Rhythmus seiner Flügelschläge verändert sich und er fliegt höher. Ich keuche auf, als Maska gegen meinen linken Flügel tritt. Ich kippe zur Seite weg. Er ist schnell. Das muss eine Kurve gewesen sein, so eng, dass ich es nicht hinkriegen würde. Wieder tritt er gegen meinen Flügel, dieses mal den anderen und von oben. Ich bin wieder in der Waagerechten, aber auf dem Kopf.
Weiter mit den Flügeln schlagen., grollt seine Gedankenstimme.
Er ist direkt über mir. Sein Schwanz schlägt gegen meinen. Es ist ein merkwürdiges Gefühl so zu fliegen, aber nicht schlecht. Maska dreht sich. Dieses Mal geht alles viel schneller. Ich spüre drei Schläge oder Tritte, ehe ich wieder in normaler Position fliege.
Wow., ist alles was ich ihm übermitteln kann.
Die Schläge und Tritte waren unangenehm, aber so zu fliegen ist auch unglaublich.
Enge Kurve., seine Stimme schrillt förmlich in meinem Kopf. Ich zucke zusammen und drehe den Kopf. *Schwanz mehr biegen.*, diese Worte begleitet ein Schlag gegen meinen Schwanz.

Ich drehe mich um die eigene Achse. Unaufhörlich.
Maska., dränge ich, als es nicht aufhört.
Schwanz langsam auspendeln. Ich gerate aus dem Takt und sacke etwas ab. Maskas Brüllen klingelt in meinen Ohren.
Nicht den Flügelschlagrhythmus verändern.
Maska, bitte, hör auf., flehe ich förmlich.
Nein., seine Stimme ist streng. Nach einem kurzen Moment sagt er weicher: *Wenn wir jetzt landen, wagst du dich nicht wieder in die Luft.*
Es klingt wie eine Feststellung. Ob er in diese Richtung Erfahrungen gemacht hat? Die Vorstellung, dass er jemand anderen unterrichtet hat tut weh. Viel mehr als die Schläge und Tritte mit denen er meinen Flugstil korrigiert.
Ich vertraue dir., sage ich, um meinen eigenen Gefühl etwas entgegen zu setzen.
Hoch., ist das einzige was er dazu sagt.
Ich frage mich, ob es gut ist im so zu vertrauen, aber ich spüre es ganz tief in mir. Das lässt sich nicht abschalten. Ich hole tief Luft und folge Maska in noch höhere Höhen. Die Luft wird dünner und kälter.

Wir landen. Mein ganzer Körper tut weh und dennoch fühle ich mich richtig gut. Wir waren stundenlang in der Luft. Zuerst hat Maska mir weh getan, aber hinterher war es angenehm. Ich bin noch lange kein Meisterflieger, aber es ist mit seiner Hilfe besser geworden, auch wenn er mir anfangs weh getan hat. Er hockt sich vor mich hin, jetzt wo wir gelandet sind.
Entschuldige. Ich musste so hart sein. Sonst hättest du es nicht gelernt., teilt er mir mit und ich nicke verstehend. Ich weiß, dass bisher keine andere Methode funktioniert hat. Seine heute schon und das wesentlich schneller als alles was ich mir hätte vorstellen können. *Du hast ein starkes Herz, Ciar. Du darfst dich nur nicht so sehr von anderen beeinflussen lassen.* Ich seufze und will mich zurückverwandeln, da stößt er mich zur

Seite und ich bleibe in Drachenform. *Bleibe ein Drache. Dieses Gebiet ist nicht so sicher wie die Umgebung meiner Höhle. Es ist sicherer, wenn du Klauen und Zähne hast. Oder Flügel, falls du schnell weg musst.*
Ich blicke zum dunkler werdenden Himmel hinauf. Heute kommen wir bestimmt nicht mehr weit. Ich wende mich wieder Maska zu: *Wo bleiben wir die Nacht?*
Es gibt hier sicher irgendwo eine Höhle, Ciar. Vielleicht nicht so angenehm wie meine, aber für eine Nacht wird es sicher reichen.

6. Maska – *Überraschend mutig*

Die Höhle, die wir gefunden haben ist nicht besonders groß. Wir passen beide gerade so hinein. Es wäre mehr Platz, wenn wir uns zurück verwandeln würden, aber das wäre auch sehr gefährlich. Wir sind nicht die einzigen Drachen in diesen Bergen und einige davon sind doppelt so groß wie ich. Zwar sind wir zu zweit, aber das schützt nicht immer und Ciar ist kein wilder Drache. Er hat gerade mal richtig fliegen gelernt. Keine guten Voraussetzungen für einen Kampf mit anderen Drachen.
Noch ist Licht, Ciar. Ich sollte jagen gehen., teile ich ihm mit und schlängele mich aus der kleinen Höhle heraus.
Ich komme mit., sagt er entschieden.
Im ersten Moment möchte ich ihn aufhalten, doch dann stimme ich mit einem knappen Nicken zu. Es ist vielleicht wirklich besser. Ich möchte mir nicht vorstellen was mit ihm passiert, wenn er hier alleine auf einen größeren Drachen stößt. Ciar folgt mir aus der Höhle und ich fliege los. Von oben beobachte ich wie er sich ebenfalls in die Luft erhebt und seinen Start dieses Mal mit dem Schwanz ausgleicht. Wir erreichen Flughöhe ohne dass er einmal ins Trudeln gerät. Ich bin

unglaublich stolz auf ihn. Mit leichten Flügelschlägen machen wir uns auf den Weg. Wir sollten Beute finden bevor die Sonne endgültig unter gegangen ist.

Bleib hier. Sieh einfach zu., verlange ich von Ciar, als wir auf einem Vorsprung landen.
Ich nicke mit dem Kopf hinab. An einem der Hänge, die wir von hier aus sehen können, befinden sich einige Bergziegen. Eine der größeren reicht für zwei hungrige Drachen unserer Größe. Ich sehe wieder zu dem onyxschwarzen Drachen neben mir. Er nickt. Ich spanne die Flügel an und betrachte die Tiere in den Felsen.
Viel Glück, Maska., kommt es von Ciar, als ich meine Flügel ausbreite.
Ich starte noch nicht, sondern lasse den Wind um meine Flügelkanten streichen. Ich ermittele die Windrichtung und sehe die Tiere noch einmal an. Dann springe ich in die Tiefe. Ich lasse mich zwischen die Felsen gleiten. Die Schatten verschlingen mich förmlich. Wer nicht weiß, dass ich hier bin wird mich bestimmt nicht sehen. Mit einem Flügelschlag einige Sekunden später schieße ich aus den Schatten heraus. Die Bergziegen streben in alle möglichen Richtungen davon. Ich konzentriere mich nur auf ein einziges Tier. Es ist der größte Bock. Gefährliche Hörner, aber ich hab schon ganz andere Dinge zustande gebracht. Ich behalte Recht. Er bricht genau in die Richtung aus, die ich erwartet habe. Ich grabe meine Krallen in seinen Rücken hinein. Meine Beine streifen die Spitzen der gefährlichen Hörner. Er zuckt und erstarrt, ohne tot zu sein. Ich hab das Nervensystem getroffen. Der Körper bricht unter meinem Gewicht zusammen. Ich knurre und senke den Kopf. Panik ist in seinen Augen zu sehen. Der Glanz des Lebendigen darin erstirbt als sich meine Zähne in seinen Hals graben. Ich schmecke das salzige Blut. Ich schlucke. Es rinnt meine Kehle hinab.

Maska., höre ich plötzlich Ciars Stimme und in ihr schwingt Panik mit.
Ich hebe den Kopf, als sich bereits der Schatten eines großen Drachen über mich senkt. Ich erkenne nur dunkelrote Schuppen, als ich mich aufbäume. Anstatt meine Wirbelsäule zu treffen, schlagen sich scharfe Krallen schmerzhaft in meine Flügel. Ich brülle auf und schüttele mich, aber die Krallen sind zu tief in mein Fleisch eingedrungen, um sich einfach zu lösen. Meine eigenen Bewegungen schmerzen und reißen meine Flügel an seinen Krallen noch mehr auf. Ein Brüllen ertönt. Nein! Ciar soll sich nicht einmischen. Er ist es nicht gewöhnt zu kämpfen. Ich werde durchgeschüttelt. Endlich lösen sich die Krallen aus meinen Flügeln und ich reiße den Kopf zurück. Schwarze und rote Beine schlagen nacheinander. Der onyxfarbene Drache wird durch die Luft geschleudert. Nein! Ciar! Ich brülle vor Wut auf und stürze mich auf den fremden Drachen. Meine Krallen durchdringen Schuppen und Fleisch. Ich spüre das heiße Blut auf meinen Schuppen. Ich beiße zu. Irgendetwas erwische ich von ihm. Er reißt sich los. Ein Prankenhieb trifft mein Gesicht. Dann fliegt er taumelnd davon. Ciar taucht keuchend neben mir auf. Er wirkt aufgewühlt, aber nicht verletzt. Langsam flacht mein Kampfimpuls ab und die Schmerzen werden noch stärker. Meine Schnauze ist feucht, klebrig und heiß von meinem eigenen Blut. Die Wunde in meiner rechten Gesichtshälfte muss sehr tief sein. Das spüre ich.
Maska., höre ich Ciars Stimme besorgt in meinem Kopf. Ich wende mich ihm zu und er beugte sich zu mir vor. Seine Zunge kommt hervor. Er leckt mir vorsichtig das Blut von der Wange und weiß nicht einmal welchen Gefühlssturm er mit dieser Geste bei mir auslöst. Ich will ihn beißen, umwerfen, unter mir begraben, besitzen. Schließlich lässt er von mir ab und trottet an mir vorbei. Ich folge ihm mit meinem Blick. Seine Zähne graben sich in den toten Bock auf den Steinen. Er

zieht ihn zu mir herüber.
Ich kann dich nicht heilen, aber essen könnte dir gut tun., meint er und aus seinem Maul lodern Flammen um meine Beute herum.
Kurz darauf kauen wir beide auf Fleisch und Knochen herum. Ich habe zwar Schmerzen, aber nicht so stark, wie anderes was ich schon erlebt habe.

Ich muss dich etwas fragen, Ciar. Er sieht mich auffordernd an, während wir auf den harten Felsen liegen. Mit meinen verletzen Flügeln kann ich unmöglich die kleine Höhle erreichen, in der wir eigentlich übernachten wollten. *Warum wolltest du nach einem Edelstein greifen, der sich an meine Schuppen erinnert?*
Ciar blickt mich Sekundenlang an und brummt dann. Seine Gedankenstimme klingt zögerlich: *ich finde deine Schuppen sehr schön. Ich würde am liebsten eine davon mitnehmen. Es ist etwas anderes als das blöde Schwarz.*, dabei blickt er auf seine eigene Pranke.
Deine Schuppen sind so dunkel und schön, wie die strahlendste Nacht., versichere ich und sehe zur Seite.
Das sagst du jetzt.
Das sage ich immer.
Er hebt den Kopf und ich fürchte, dass er sich von mir entfernen wird. Ich tue so als würde ich sein Vorhaben nicht bemerken. Etwas angestrengt bewege ich mich und lege eine Pranke auf einen seiner Flügel. Meinen Kopf lasse ich auf seinem Rücken liegen, direkt neben den kleinen Zacken, an denen ich gerne mit meinen Zähnen ziehen würde. Ich höre ihn tief Luft holen und still halten.
Maska?, fragt er.
Lass uns so liegen bleiben, Ciar. Es fühlt sich nach Ruhe an.
Ich zögere und treffe eine Entscheidung. *Ich muss dir etwas gestehen, Ciar.*

Ja?
Ich habe uns mit Absicht den längsten Weg zu einer menschlichen Siedlung ausgesucht, der mir eingefallen ist., gebe ich zu.
Ich mag es mit dir unterwegs zu sein., erwidert er und für mich kommt das einem symbolischen Abwinken gleich.
Du warst eben sehr mutig, Ciar., sage ich noch. Das stimmt tatsächlich. Er war wirklich überraschend mutig. *Aber du musst mir versprechen so etwas nie wieder zu tun.*
Das kann ich nicht., erwidert er. *Ich würde immer wieder eingreifen, wenn dich jemand angreift.*
Du trägst mehr von einem wilden Drachen in dir, als die meisten denken würden., stelle ich fest.
Meinst du, Maska?
Oh ja, egal wie du aufgewachsen bist. Du hast das Herz eines wilden Drachen.

7. Ciaran – Wilde Herzen

Wir haben die Nacht im Freien verbracht. Maska konnte mit seinen Wunden einfach nicht fliegen und in der Nähe gibt es keine weiteren Höhlen, soweit ich feststellen konnte. Seine Flügel sind bereits verheilt was mich überrascht. Meine Flügel haben länger gebraucht, obwohl die Wunden anders waren. Vielleicht ist das der Grund. Auch die Wunde in seinem Gesicht hat sich geschlossen, aber eine dünne weiße Linie zurück gelassen. Eine Narbe. Beim genauen Hinsehen entdecke ich auch kleine Narben an seinen Flügeln, wo ihn die Krallen durchbohrt haben. Die Überbleibsel des Kampfes geben seinem Aussehen etwas verwegenes.
Kannst du fliegen?, frage ich als Maska die Augen aufschlägt.
Er erhebt sich und streckt seine Flügel. Nach ein paar weiteren Testbewegungen antwortet er mir: *Kurze Strecken ja, aber*

nicht besonders weit. Er durchbohrt mich mit seinem Blick. *Du solltest alleine weiter fliegen.*
Ich lasse dich doch nicht einfach alleine.
Das würde mir niemals einfallen. Nicht einmal in hundert Jahren würde ich ihn alleine lassen, wenn er nicht ganz bei Kräften ist.

Wir haben den gestrigen Tag mit Gedankenaustausch verbracht. Für viel anderes ist uns auch nicht die Möglichkeit gewesen. Selbst der kurze Flug zur Höhle hat ihn gestern erschöpft und ihm Schmerzen bereitet. Die Zeit zusammen mit ihm in der engen Höhle war schön und quälend zugleich. Aus irgendeinem Grund hatte ich immer wieder das Verlangen ihn in den Nacken zu beißen. Es war ein seltsames Gefühl und ich konnte mich kaum zurück halten. Jetzt gerade hat Maska die Höhle verlassen und mich damit aufgeweckt. Ich denke nur noch kurz über den gestrigen Tag nach und folge ihm dann. *Kannst du wieder richtig fliegen?*, frage ich ihn, als ich sehe wie er seine Flügel testend bewegt.
Sieht so aus., kommt es dunkel von ihm zurück. Ich gehe auf ihn zu. *Komm besser nicht näher.* Ich mache noch einen Schritt in seine Richtung. *Ich weiß nicht was ich mache, wenn du noch näher kommst.*
Ich weiß nicht was er meint, aber etwas in seiner Gedankenstimme reizt mich, lockt mich an. Ich will unbedingt wissen was das bedeutet und ich fühle mich seltsam kribbelig. Ich bewege mich weiter auf Maska zu. Seine roten Augen funkeln merkwürdig. Uns trennt jetzt nicht einmal mehr ein Meter. Plötzlich schnellt sein Kopf vor. Seine Zähne graben sich in meine Flanke, aber der Schmerz fühlt sich seltsam an. Kribbelig, aufregend, nicht wie ein richtiger Schmerz und er verstärkt das Gefühl, dass ich ihn in den Nacken beißen muss. Ich springe vorwärts ohne darüber nachzudenken. Ich beiße zu und fühle mich unerklärlich gut dabei. Maska schüttelt mich ab

und spring auf mich zu. Sein Schwanz zuckt. Seine Zähne schnappen nach meinen Nackenzacken und er reißt mich zur Seite. Alles in mir kribbelt und rauscht, obwohl ich eigentlich Schmerz spüren sollte. Ich schnappe nach ihm und meine Zähne ritzen in eines seiner Vorderbeine.
Folge mir., ertönt Maskas dunkle Stimme in meinen Gedanken. Ich kenne den Blick mit dem er mich ansieht. So hat er auch den Ziegenbock fixiert, als wäre ich seine Beute. Nur hat er jetzt noch ein spielerisches Funkeln in den Augen. Ich nähere mich ihm, beobachte ihn, will gerade nach ihm schnappen, als er sich mit einem Satz in die Luft schwingt. Ich spanne die Muskeln an und stoße mich vom Boden ab. Ich merke schnell, dass er nicht so schnell fliegt wie er kann. Stattdessen hält er sich zurück, so dass ich ungefähr mit ihm mithalten kann. Wir umkreisen uns. Er wirbelt herum und schnappt wieder nach meinen Rückenzacken. Maska zieht mich herum. Ich drehe mich um mich selbst und beiße in seinen Rücken. Er fährt herum und sein Blick durchbohrt mich gierig.
Ich will dich., höre ich seine grollende Stimme.
Ich weiß nicht was mit mir los ist, aber die Antwort entspringt meinem Geist, ohne dass ich vorher darüber nachdenke: *Dann hol mich.*
Maska knurrt dunkel und stürzt auf mich zu. Seine Klauen greifen nach mir. Unsere Krallen graben sich gegenseitig in die Beine des anderen. Wir stürzen Kopfüber hinab, fest ineinander verkrallt. Trotz des freien Falls habe ich nicht die geringste Angst. Ich fühle mich nur aufgeregt, kribbelig und noch etwas, das ich noch nicht benennen kann. Ich schlage automatisch mit den Flügeln, als er es tut. Unser Fall wird gebremst. Maska wirbelt mich herum. Ich lande rücklings auf dem Boden. Mein Rücken pocht und meine Flügel schmerzen, aber das vergesse ich bei seinem gierigen Blick. Er will mich verschlingen. Sein Knurren vibriert in meinem ganzen Körper wieder. Ich kann nicht mehr warten, was auch immer kommen mag. Ihm scheint

es genau so zu gehen. Wir verwandeln uns ziemlich zeitgleich zurück. Sein Hände drücken meine Arme auf den Steinboden. Sein Körper drückt mich zu Boden. Ich keuche vor Hitze auf. Es fließt und rieselt aufregend durch mich hindurch.
„Ich will dich.", wiederholt er laut.
„Dann hol mich.", zitiere auch ich meine eigenen Worte.
Maska scheint nur darauf gewartet zu haben. Seine Zähne graben sich in meine Schulter. Ich keuche auf und begreife langsam was ich tatsächlich spüre. Die Hitze schießt durch mein Blut. Ich spüre seinen gesamten Körper und seinen harten Schwanz an meiner Haut. Er reibt sich an mir. Ich werde selber hart bei dem was er gerade mit mir tut. Seine Fingernägel graben sich in kribbelndem Schmerz in meine Unterarme. Er löst seinen Biss und sie auf mich hinab. Sein Bein schiebt sich zwischen meine und drückt sie auseinander.
„Öffne dich.", fordert er und ich spreize bei seinem Befehlston automatisch die Beine.
Er drängt sich enger an mich. Ich fühle seinen harten Schwanz an meiner Haut. Das kenne ich nicht. Mit einem harten Stoß dringt er in mich ein. Ich schnappe nach Luft. Lust! Erregung! Jetzt kann ich genau erkennen, was sich in mir aufgebaut an. Ich spüre wieder Schmerz, der kein richtiger Schmerz ist. Er flutet meinen gesamten Körper mit Hitze. Ich brenne, flamme auf, versinke in einen Strom aus Lava. Maska bewegt sich heftig in mir und verstärkt das alles nur noch mehr. Ich dränge mich ihm entgegen, begegne jedem harten Stoß, weil ich einfach nicht anders kann. Ich glühe auf, verglühe, zerbreche, nur die Hitze hält mich zusammen. Alles explodiert!

Ich bin glücklich! Das ist das erste was ich denke, als ich wieder zu mir komme. Dann erst bemerke ich, dass ich vollkommen gerädert bin. Mein Körper schmerzt und brennt. Zwischen meinen Beinen ist es klebrig. Eine Hand streicht über meine Flügel. Ich spüre Maskas Arme, die um meinen Körper

liegen. Der Schmerz verrinnt. Ich vergesse das merkwürdige, dumpf-klebrige Gefühl zwischen meinen Beinen. Ich seufze und kuschele mich in die Umarmung. Alles andere ist gerade egal. Über das was kommt kann ich später noch nachdenken.
„Ich wusste gar nicht, dass so junge Zahm-Drachen sich mit fast hundert Jahre alten Drachen einlassen.", höre ich Maska neckisch sagen.
Ich blinzele zu ihm hinauf und erwidere: „Bei Drachen spielt ein so geringer Altersunterschied doch nun wirklich keine Rolle."
„Menschen rümpfen schon bei 20 Jahren Unterschied die Nase.", meint er.
„Gut, dass wir keine Menschen sind.", murmele ich. „Und jetzt hör auf zu reden."
Maska knurrt mir ins Ohr und ein heißkalter Schauer überläuft mich.
„Mir fallen auch ein paar Dinge ein, die mir besser gefallen könnten.", raunt er mir verführerisch zu.
„Ja?", frage ich gespielt unschuldig. „Willst du mir auch zeigen was?"
Bevor er mir antworten kann, grabe ich meine Fingernägel in seinen Rücken. Er keucht auf und seine roten Augen verdunkeln sich.
„Willst du es?", fragt er und seine Fingernägel drücken sich aufregend schmerzhaft in meine Hüften.
Jetzt bin ich es der knurrt. Meine Stimme vibriert: „Du hast mich vorhin nicht gefragt. Jetzt kannst du es dir auch einfach wieder nehmen."
„Vorsicht mit deinen Worten.", grollte er mir ins Ohr und ist wieder über mir.
Ich schreie überrascht auf, als er ohne Vorwarnung in mich eindringt. Ich werfe stöhnend den Kopf zurück. Er stößt hart und unerbittlich zu. Es geht dieses Mal schnell. Alles verschwimmt und verbrennt!

8. Maska – Wild oder nicht?

Ich gleite aus der heißen mich verschlingenden Enge heraus. Das war geiler als alles was ich je erlebt habe. Besser als alles was ich je mit irgendeinem wilden Drachen geteilt habe. Ciar seufzt leise in meinem Arm. Ich warte bis er sich beruhigt und zu sich kommt. Zum zweiten Mal. Nur jetzt werde ich nicht einfach noch einmal über ihn herfallen. Ich muss mit ihm reden.
„Gehts wieder?", frage ich, als sich sein Puls normalisiert und seine Augen wieder klarer blicken.
„Ich glaube schon.", murmelt er.
„Ciar?" Er brummt zum Zeichen, dass er zuhört. „Ich weiß, wir kennen uns noch nicht lange, aber ich will mir nicht vorstellen, wie es ist wenn du fort gehst."
„Was willst du mir sagen, Maska?", fragt er mich.
„Ich will dir nichts sagen, Ciar. Ich will dich bitten bei mir zu bleiben.", erkläre ich und beiße mir auf die Unterlippe.
„Ich kann nicht.", haucht er und sieht weg.
„Warum nicht?", seine Ablehnung verletzt mich, aber ich bemühe mich ruhig zu bleiben.
„Meine Familie … Ich …", er stockt und bricht ab.
„Du bist alt genug, Ciar. Du hast dich bereits verwandelt. Nach Drachenrecht bist du erwachsen. Deine Familie kann dich nicht aufhalten.", halte ich dagegen.
„Ich … es ist … wir warten immer auf den Blitz."
Ich knurre und drehe ihn herum, damit er mich ansieht. Ich bin wütend, dass es so ist, dass er das so sieht.
„Lapislazuliblitzen ist nicht alles im Leben.", grolle ich.
„Es ist Schicksal.", behauptet er, doch seine Stimme klingt nicht so überzeugt, dass ich ihm glauben würde, dass er daran glaubt.

„Es gibt wichtigeres.", stoße ich aus und hole tief Luft.
„Drachenherzen sind treu, auch jenseits des Schicksals."
„Ich sollte jetzt los.", presst er hervor und steht auf.
Sein gesamter Körper ist übersät mit meinen Malen. Sie werden in Kürze verschwunden sein. Ich will sie ihm erneut zufügen. Wieder und wieder! Ich springe auf die Füße und sehe ihn bitter an. Er wirkt so wenig glücklich mit seiner Entscheidung wie ich mich fühle.
„Noch einmal, Ciar. Bleib bei mir.", dränge ich.
„Es tut mir leid, Maska. Ich kann einfach nicht."
„Wenn Drachenherzen sich verbinden, wird kein Blitz sie auseinander bringen.", wage ich einen letzten Versuch. Er schüttelt den Kopf. „Flieg der Morgensonne entgegen. Dann gelangst du in ein Dorf. Du bist so lange fort gewesen, dass sie schon nach dir suchen werden. Es sollte dir nicht schwer fallen deine Familie zu finden."
„Du kommst nicht mit?", er klingt nicht glücklich.
Ich balle die Hände zu Fäusten und sage: „Ich würde mich wieder mit dir vereinen und je mehr ich von dir genommen habe, desto schwerer könnte ich dich loslassen."
Ich wende mich ab. Als würde ich es jetzt können. Ich will ihn nicht ziehen lassen. Ich will, dass er bei mir bleibt. Er verwandelt sich und mein Inneres verkrampft. Nein! Das kann einfach nicht sein.
Danke für deine Hilfe, Maska., erklingt seine Stimme in meinem Kopf, ehe er davon fliegt.
Ich verharre eine Weile in meiner Position. Dann verwandele ich mich ebenfalls und folge ihm. Ich weiß, dass es nicht gut für mich ist, aber ich kann nicht anders.

Stunden sind vergangen. Natürlich. Da ist erst mal eine ganze Reihe von Dingen in Gang gesetzt worden. Jetzt endlich kommt Ciar mit zwei anderen Drachen, vermutlich seinen Eltern, bei einer kleinen Hütte an. Ich bin überrascht, als sich die Tür öffnet und mehrere unverwandelte Drachen herauskommen. Einige sind in seinem Alter, einer stammt aus meiner Generation, zwei andere sind wesentlich älter als ich. Ich lande im Wald und schleiche mich so nah es geht an. Neugierig beobachte ich was sich vor der Hütte abspielt. Ich bemerke die Geringschätzung der anderen Drachen Ciar gegenüber, ohne ihre Worte verstehen zu können. Und sie scheinen mit ihren Kräften auch noch ordentlich anzugeben. Ich schüttele den Kopf. Wie überaus arrogant und herablassend. Kein Wunder, dass sich Ciar immer so klein ihnen gegenüber vorgekommen ist. Ich beobachte das Treiben eine Weile. Schließlich ziehe ich mich zurück. In mir schwellt Wut. Ich kann ihn doch nicht bei diesen idiotischen Drachen lassen. Ich bin sicher nicht der ideale Drache. Ich bin wild und manchmal hart, aber ich mache andere Drachen nicht ohne Grund runter. Ich muss ihn irgendwie davon überzeugen, dass er zu mir kommt und bei mir bleibt. Plötzlich fällt mir etwas ein, dass er zu mir gesagt hat. Vielleicht wird ihn das ja überzeugen. Entschlossen alles in meiner Macht stehende zu tun erhebe ich mich in die Luft.

Es ist ein Tag vergangen. Ich bin geflogen als wäre ein wilder Sturm direkt hinter mir. Zu meiner Höhle und zurück. Ich habe dort etwas geholt. Etwas, dass Ciar deutlich zeigen wird, was ich für ihn fühle. Was er mir bedeutet. Ich spüre, dass in ihm auch noch ein wilder Drache steckt. So wie er auf den anderen Drachen losgegangen ist, wie er mit mir geflogen ist, als ich ihn unbedingt wollte. Ich weiß, dass es in ihm steckt. Vielleicht muss er das einfach nur selbst erkennen. Ich lande in der Nähe der Hütte.
„Nein!", höre ich einen Schrei und schleiche mich näher heran, dabei humpele ich, denn ich darf nicht verlieren was ich bei mir trage.
Es war auf jeden Fall eine weibliche Stimme. Ich komme am

Waldrand an und sehe Ciar vor einer Frau stehen. Sie schüttelt den Kopf und wirkt äußerst stur.
„Ich habe eine Woche in den Bergen überlebt, Mutter.", brüllt er nun zurück und seine Augen blitzen zornig. „Ich kann auf mich aufpassen, auch wenn keiner von euch an mich glaubt. Selbst wenn niemand an mich glaubt." Ich verziehe das Gesicht. Ich werde immer an ihn glauben, ganz egal was passiert. „Und jetzt lass mich gehen."
„Nein! Du fliegst nicht alleine."
„Ich bin alt genug. Ich habe mich bereits verwandelt. Gehen wir nach altem Drachenrecht bin ich damit erwachsen.", brüllt Ciar seine Mutter an. „Du kannst mich nicht halten, Mutter. Ich fliege wann ich will."
Er verwandelt sich und ich beobachte seine onyxfarbenen Schuppen, die im Sonnenlicht wunderschön funkeln. Ciar knurrt dunkel und mein Herz zieht sich sehnsüchtig zusammen. Er ist mit einem Satz in der Luft. Seine Mutter ruft ihn, aber er reagiert nicht. Ich beobachte seine Flugbahn und kann ungefähr erahnen, wo er hinfliegt. Als ich sicher bin, dass mich keiner sieht setze ich mich auf seine Spur.

Es hat etwas gedauert, aber ich habe ihn endlich gefunden. Etwas ungeschickt lande ich. Ciar fährt sofort herum und seine Augen weiten sich, als er mich erkennt.
„Du?", fragt er.
Ich verwandele mich zurück und schließe meine Hand fest um den Gegenstand, den ich jetzt auf keinen Fall verlieren darf. Meine letzte Chance, wie ich vermute. Mir schlägt das Herz vor Aufregung bis zum Hals.
„Ich konnte nicht anders, Ciar.", sage ich wahrheitsgemäß.
„Du weißt, dass ich nicht mit dir kommen werde.", meint er.
„Ich muss dir etwas geben, Ciar.", gehe ich nicht näher darauf ein.
Diskussionen bringen mich nicht weiter. Ich kann nur darauf

hoffen, dass ich sein Herz erreiche. Irgendwie.
„Ja?", fragt er verblüfft.
Ich greife nach seiner Hand und lege den Gegenstand hinein.
Er starrt mit großen Augen auf den funkelnden Smaragd.
„Ich kann mir nicht die Schuppen für dich ausreißen, Ciar, aber du weißt, dass er dafür steht.", ich bemühe mich meine Stimme ruhig zu halten, auch wenn es mir nicht ganz gelingt.
Seine Finger schließen sich um den Edelstein, aber sein Blick ist auf mich gerichtet.
„Du bist verrückt, Maska.", sagt er und tritt näher auf mich zu.
„Verrückt nach dir, Ciar."
„Ich habe noch nie erfolgreich gejagt.", eröffnet er.
„Du weißt, ich bringe dir alles bei was ich kann.", verspreche ich.
Er beißt sich auf die Unterlippe und scheint über etwas nachzudenken.
„Wirst du darauf warten, dass ich alles mit meiner Familie geklärt habe?", bohrt er nach und ich nicke. Ich würde Jahrhunderte auf ihn warten. „Ich meine das ernst."
„Ich auch, Ciar. Du bist wilder, als du selbst denkst." Er tritt auf mich zu. Seine Augen blitzen und funkeln mit der Sonne um die Wette. Ein gleißendes Licht schlägt in mein Blut und mein Herz ein, als er seine Lippen auf meine presst. Ich bin endgültig verloren. „Ich liebe dich, Ciar."
„Dann warte auf den Felsen am Rand der Berge auf mich." Ich nicke ernst und verwandele mich wieder. „Ich liebe dich auch, Maska."
Das Glück kribbelt durch meinen gesamten Körper. Er wird zu mir kommen. Das weiß ich jetzt und ich werde kein Jahrhundert darauf warten müssen. Wenn ich am Bergrand warten soll, wird er heute oder morgen zu mir kommen. Ich breite die Flügel aus und mache mich auf den Weg.

Drachen leben auf 2 Rädern

1. Mike – Motorraddrachen

Ich strecke mich ausgiebig und meine Gelenke knacken. Müde richte ich mich im Bett auf. Ich fühle mich fiebrig und bin sicher, dass ich mich bald wieder verwandeln muss. Meine Pfoten tun mir jetzt schon weh, dabei habe ich gerade noch Hände. Es wäre am besten, wenn ich sofort im Wald verschwinden würde, aber ich muss den Arbeitstag noch hinter mich bringen. Am besten ohne von irgendjemandem berührt zu werden. Die denken sonst noch, dass ich Fieber habe. Ich klettere aus dem Bett und begebe mich in die kleine Badenische. Routiniert werfe ich einen Blick in den Spiegel. Rehaugen? Check! Menschliche Zähne? Check! Unauffällige Haut? Check! Haare? Check! Ich nicke meinem Spiegelbild zu und fahre mir mit der Bürste durch die Haare. Geduscht habe ich vor knapp 5 Stunden. Viel zu viele Überstunden. Eigentlich! Die Bürste hilft nicht sonderlich dabei meine wilden Haare zu bändigen, aber das wird die anderen nicht sonderlich kümmern. Nach Zähneputzen und Toilettengang ziehe ich meine Arbeitskleidung über. Ich habe gerade mein Oberteil übergestreift, als es an der Tür klopft.
„Beeil dich, Wunderjunge. Auch für dich keine Extrawurst.", ruft Lukas durch die Tür.
„Gib mir eine Sekunde.", erwidere ich.
Um in die Werkstatt zu kommen muss ich nur die Treppe hinunter, durch den Aufenthaltsraum und am Büro vorbei. Im vorbeigehen schnappe ich mir eine der Frikadellen, die im Aufenthaltsraum aufgetürmt sind. Ich kann von Glück sagen, dass den anderen diese Frikadellen schmecken und die Frau vom Chef inzwischen immer mein Rezept benutzt. Die falschen Gewürze könnten übel enden. Hier darf auf keinen

Fall jemand erfahren, dass ich ein Drache bin. Ich bin froh, dass ich irgendwo untergekommen bin, nachdem meine Familie mich rausgeworfen hat. Ich verdränge diese Gedanken, denn sie würden zu nichts führen. Außer vielleicht zu einer unkontrollierten Verwandlung und das kann ich gerade echt nicht gebrauchen. Ich beiße von der Frikadelle ab und es geht mir sofort etwas besser. Als der Chef nach uns ruft, schiebe ich mir vielleicht etwas zu viel Frikadelle in den Mund, um die Hände frei zu bekommen.

„Er sollte sich mal ausschlafen.", meint der andere Azubi zum Chef und nickt in meine Richtung.

„Geht schon, Jimmy.", winke ich ab.

Jimmy zuckt mit den Schultern als wäre nichts gewesen und lehnt sich gegen seine Maschine. Seine übliche coole Attitüde zeigt nichts mehr von der Sorge, die er mit seinen vorigen Worten ausgedrückt hat.

„Tach.", rufe ich in die Werkstatt hinein und meine Stimme hallt von den Wänden wieder.

Der Chef nickt mir nur zu und deutet auf eine Maschine. Ich nicke nur dazu. Lukas durchquert den Raum, um dem Chef zu helfen. Ich wende mich der anderen Maschine. Ich fühle schon etwas stolz, dass ich das alleine machen darf. Immerhin bin ich noch in der Ausbildung, selbst wenn es das letzte Ausbildungsjahr ist. Diese Maschine ist ganz schön wertvoll und Jimmy darf an solche Teile gar nicht erst ran, obwohl er sie eher ersetzen könnte als ich. Er würde das Geld von seinen reichen Eltern bekommen. Ich nicht. Meine letzten Ersparnisse habe ich vor der Ausbildung für die zwei Führerscheine in meiner Tasche und ein billiges Motorrad ausgegeben. Motorisiert zu sein ist für einen Drachen ohne Flügel so wichtig, wie auch für viele Menschen. Mit meinen Augen scanne ich die Maschine ab. Es hat schon einen Grund warum Lukas mich Wunderjunge nennt, auch wenn ich die Bezeichnung nicht mag. Mit den Augen und der Nase eines

Drachen kann man Dinge bemerken, die anderen nicht direkt auffallen. Da ich auf den ersten Blick nichts erkennen kann, mache ich mich daran das Motorrad genauer durch zu checken. Ich wäre vermutlich noch besser, wenn ich die Ohren eines Jilocaren hätte, aber man kann nicht alles haben. Dabei wäre es für die fehlenden Flügel nur ein bisschen ausgleichende Gerechtigkeit. Andererseits hätte ich mit Flügeln wohl kaum diesen Ausbildungsplatz bekommen. Ich weiß, dass die Mitarbeiter und der Chef dieser Werkstatt es nicht besonders mit Drachen haben. Aber ich war vor drei Jahren froh, als ich einen Ort hatte an den ich konnte. Der Chef hat mich damals aufgenommen, als meine Familie mich verstoßen hat. Ein Drache ohne Flügel wäre eine Schande für die Familie. Ohne die Hilfe vom Chef wäre ich zu dem Zeitpunkt auf der Straße gestanden. Deshalb habe ich nicht gesagt, dass ich ein Drache bin. Erst recht nicht, als er mir eine Ausbildungsstelle und einen Schlafplatz über der Werkstatt angeboten hat. Zum Glück sind die Augen von Lindwürmern braun, unter Drachen Rehaugen genannt, solange wir keine Flügel haben. Ein Klopfen an der Werkstatttür reißt mich aus meinen Gedanken und der Arbeit. Es wundert mich, denn um diese frühe Stunde ist eigentlich so gut wie nie ein Kunde hier. Deshalb fangen wir auch um diese Uhrzeit an, um die Dinge machen zu können, zu denen wir sonst nicht kommen würden. Die Maschine mit der ich mich gerade befasse zum Beispiel. Oder eher befasst habe, denn ich bin neugierig was jemand um diese Zeit hier will. Lukas wirft einen Blick zur Tür hinaus. Ich wünschte ich könnte hören, was dort gesprochen wird. Es dauert nur ein paar Sekunden, dann kommt er wieder herein und öffnet das Rolltor. Ein Mann in einer Motorradcombi aus dunklem Leder kommt herein, aber das interessiert mich in diesem Moment kaum noch. Die Maschine, die er herein schiebt, nimmt fast meine gesamte Aufmerksamkeit ein. Eine Knucklehead. Ich weiß, dass ich mir eine solche sicher nie werde leisten können. Ich

bin nicht der einzige, der sich plötzlich noch viel interessierter zeigt, als vorher. Selbst der sonst so coole Jimmy geht darauf zu. Seine Eltern mögen ja Geld haben, aber für eine solche Maschine geben sie ihm wohl doch nicht das nötige Geld. 30000 Euro oder mehr. Bei diesem Gedanken wird mir fast schwindelig. Ich müsste schon in den großen Glückstopf greifen, um es mir leisten zu können. Und was Glück angeht bin ich wirklich nicht gut bestückt. Keine Flügel, von der Familie verstoßen, sich die ganze Zeit verstecken müssen und so weiter. Das erste was ich nach einem Moment bemerke sind leichte Kratzspuren am Lack. Also, wenn ich so eine Maschine fahren würde, würde ich sie pfleglicher behandeln. Der Chef nimmt die Maschine entgegen.
„Vorsichtig.", mahnt der Besitzer gedämpft vom Motorradhelm.
Es irritiert mich. Zumindest bis er den Helm abnimmt. Die schulterlangen dunklen Haare fallen ihm auf die Schulter und als er den Kopf dreht erkenne ich goldgelbe Augen. Ich muss mich selbst revidieren. Die Kratzer an der Maschine müssen von seinen Krallen stammen. So groß wie er ist, muss er als Drache stark genug sein das Motorrad zu tragen. Als es kaputt ging hat er es wohl hierher geflogen und dabei die Kratzspuren hinterlassen. Wenn ein geflügelter Drache sich dazu herablässt Motorrad zu fahren, dann muss es ihm etwas bedeuten. Deshalb behandelt er die Maschine sicher sehr vorsichtig. Ich erinnere mich nur zu gut daran wie meine Familie die Nase gerümpft hat, als ich mich für Motorräder zu interessieren begann. Lächerlich und selbstmordsüchtig, hat es mein Vater sogar genannt. Diese Gedanken machen mir diesen fremden Drachen ungleich noch sympathischer. Er scheint sich nicht um das Gerede anderer Drachen zu kümmern. Damit mache ich mir um ihn jedoch keine weiteren Gedanken. Das habe ich zumindest vor, doch als ich mir seine Maschine näher ansehen will stellt er sich mir in den Weg.

„Hallo, Rehauge.", sagt er.
„Sei still.", zische ich ihm zu, bevor die andere darauf aufmerksam werden können.
Er beugt sich zu mir und ich kann den starken Rauchgeruch in seinem Atem wahrnehmen. Zu stark, selbst für einen Drachen. Ob er raucht? Das wäre eine Erklärung. Vielleicht gibt es auch noch andere.
„Wenn du willst, dass es unter uns bleibt, dann komme heute Abend zum Waldrand, südlich von hier, bei den drei Birken.", raunt er mir zu.
„Mike?", ruft Lukas nach mir.
Ich sehe zu den dreien, die sich um die Maschine drängen. Ich will nicht von hier fort. Sobald sie es erfahren müsste ich es. Es gefällt mir nicht, dass dieser Drache mich erpresst, aber ich will das alles hier nicht verlieren. Ich nicke ihm zu und er grinst zufrieden. Dann gibt er den Weg frei. Schnell laufe ich zu den anderen. Ich will nicht noch mehr auffallen. Abgesehen von den Kratzern ist das Motorrad eindeutig in gutem Zustand. Der Grund warum es nicht fährt ist von außen auch nicht zu erkennen. Es juckt mich regelrecht in den Fingern dieses Schmuckstück auseinander zu schrauben.
„Es versteht sich hoffentlich von selbst, dass nur ein Experte an dieser Maschine arbeiten wird.", meint der fremde Drache und ich könnte knurren vor Unmut.
Ich ersticke das aufsteigende Knurren und den Rauch in meiner Kehle. Zum Glück spricht mich jetzt keiner an, denn dann bekäme ich wahrscheinlich einen ausgewachsenen Hustenanfall, mitunter mit Feuer darin.

2. Lionel – Der flügellose Drache

Ich drehe meine Kreise über den Kronen der Bäume. Irgendwie habe ich richtig gute Laune. Vielleicht liegt es daran, dass ich das erste Mal seit längerem wieder einen anderen Drachen getroffen habe. Könnte aber auch sein, dass es ist, weil ich endlich einen Drachen kennengelernt habe, der sich genau wie ich für Motorräder begeistert. Ich fliege einen großen Looping und blicke zur Sonne hinüber, die für meinen Geschmack noch viel zu hoch steht. Morgen kann ich meine Maschine wieder abholen. Deshalb werde ich mir wohl einen Platz in der Umgebung im Wald zum Übernachten suchen. Es lohnt sich einfach nicht nachhause zu fliegen. Vorher allerdings werde ich mich mit diesem jungen Drachen treffen. Ich drehe mich um die eigene Achse und die Welt beschreibt eine Drehung unter mir, die einem unerfahrenen Flieger Übelkeit bereiten könnte. Ich muss wieder an diesen Mechanikerdrachen denken. Er ist eigentlich ganz süß und die Vorstellung jemanden zu haben, der dieselben Interessen hat wie ich und nicht nach ein paar Jahren sterben wird, wie meine menschlichen Freunde, ist irgendwie berauschend. Ich versuche meine Gefühle und Gedanken zu zügeln. Ich kenne diesen Drachen ja nicht mal wirklich. Nun ja, das lässt sich ändern und vielleicht ergibt sich etwas. Mir kommt da ein Gedanke. Vielleicht nicht gerade freundlich, aber ich werden den Gedanken nicht so einfach los. Warum auch nicht? Ist ja nicht so, als würde ich wahnsinnig viel verlangen wollen. Mein Blick fällt auf die Sonne und ich bin verblüfft wie schnell die Zeit über meine Gedanken vergangen ist. Ich fliege eine Kurve und ändere meine Richtung.

Mit eng angelegten Flügeln lande ich am Waldrand. Der Himmel färbt sich inzwischen rot. Ich kann Äste knacken und Laub rascheln hören. Ein Lindwurm ist zu groß, um sich am Boden mitten im Wald lautlos zu bewegen. Ich könnte fast darauf wetten, dass dieser Lindwurm noch nie gejagt hat. Ihn würde jedes Beutetier schon von weitem hören und davon preschen. Die Vorstellung eines Drachen, der am Boden einem Reh nachläuft amüsiert mich irgendwie. Ich dränge das Gefühl

zurück, denn für einen jungen Drachen ist das Gefühl nicht jagen zu können sicher nicht sehr angenehm. Ich lasse mich zwischen zwei großen Bäumen nieder, zwischen die mein Drachenkörper gerade eben so passt. Ich kann hören, wie er immer näher kommt. Als ich ihn das erste Mal in seiner Drachengestalt erblicke muss ich Teile meiner Überlegungen von vorher revidieren. Im Gegensatz zu den meisten Lindwürmer ist sein Körper nicht grau, braun oder schwarz, sondern von einem dunklen Grün. Ich kann mir gut vorstellen, dass er nicht zu sehen zwischen Büschen und Sträuchern liegt und dort wartet bis seine Beute vorbei kommt. Blutrote Augen blicken mich an und ich stelle mir diese Augen für einen Moment bei seiner anderen Gestalt vor.
Guten Abend., begrüße ich ihn.
Abend., kommt es brummend von ihm zurück und er bleckt kurz die Zähne.
In unserer anderen Gestalt sind wir etwa gleich groß. Als Drache ist er ein Stück größer als ich. Dafür habe ich Flügel, die mich größer erscheinen lassen. Ich neige den Kopf zur Seite und knurre. Ich mag es nicht, dass er schlechte Laune hat.
Du hast schlechte Laune., stelle ich mit einem Fauchen fest.
Ich bin unfreiwillig hier. Warum sollte ich also gute Laune haben?, erwidert er und fletscht wieder die Zähne.
Ich richte mich auf, schlängele mich zwischen den Bäumen heraus und stehe schließlich mit leicht gespreizten Flügeln vor ihm. Er sieht aus als wolle er direkt auf mich los gehen.
Ich dachte es würde dir so viel Freude machen, wie mir, mit einem Drachen zu sprechen, der dieselben Interessen hat., halte ich ihm vor und seine Augen werden größer.
Sein Kopf bewegt sich nachdenklich hin und her und er macht einen Schritt zurück.
Woher willst du wissen, dass es so ist?, fragt er, klingt aber längst nicht mehr so abweisend wie noch einen Moment zuvor.
Ich kann ihm ansehen, dass es ihm nicht passt, dass ich ihm

langsam den Wind aus den Segeln nehme.
Ich habe deinen Blick auf meiner Maschine gesehen. Du bist der erste andere Drache, der sich dafür interessiert., erkläre ich leichthin.
Deshalb musst du mich nicht erpressen., grollt er, aber ich kann ihm ansehen, dass ihn ein anderer Drache mit dieser Vorliebe auch interessiert.
Ich stoße eine ärgerliche Rauchwolke aus und tue etwas, das ich nur selten tue: *Dann entschuldige ich mich hiermit.*
Es scheint ihn endgültig aus der Fassung zu bringen. Sein ganzer Körper schüttelt sich. Einen Moment später legt er sich langsam hin. Ich betrachte seine plötzlich so entspannte Haltung und lege mich selbst hin.
Hat deine Familie es auch nie verstanden?, fragt er und seine Neugier ist förmlich zu greifen.
Das kann ich dir ehrlich nicht sagen. Mein Vater ist bei einem Zhuanfall vom Himmel gestürzt. Das war vor drei Jahren. Meine Mutter ist seitdem in keinem guten Zustand. Ich knurre, während sich mein Inneres komplett zusammenzieht. Wenn Drachen weinen könnten, würde ich es bei diesen Gedanken vielleicht tun. *Vermutlich wird sie noch in diesem Jahr sterben.*
Das tut mir leid., erwidert der Lindwurm und sieht zerknirscht aus, dass er das Thema überhaupt angesprochen hat.
Ich schüttele den Kopf und fahre fort: *Ich habe vor zwei Jahren angefangen mich für Motorräder zu interessieren. Du kannst dir also vorstellen, dass meine Eltern nichts dazu gesagt haben können, oder wollten. Mutter ist zu sehr in ihrem Schmerz gefangen.* Ich blicke zum Himmel hinauf. *Meine Großeltern leben in den USA. Wir haben keinen großen Kontakt.* Ich schüttele meine Flügel aus und stemme mich hoch. *Ich brauche etwas Bewegung.*, das hilft mir immer dunkle Gedanken zu vertreiben.
Lass uns ein Stück gehen., schlägt er vor und steht ebenfalls auf. Das habe ich zwar eigentlich nicht gemeint, aber ich

stimme zu. *Ich kenne deinen Namen gar nicht.*
Ich bin Lionel., stelle ich mich vor.
Mike., ist seine Erwiderung, obwohl ich seinen Namen in der Werkstatt schon gehört habe.
Ich beobachte ihn aus den Augenwinkeln und bin beeindruckt. Er bewegt sich unglaublich geschickt, auf seinen vier Pfoten. Er schlängelt sich zwischen Bäumen hindurch, die andere Lindwürmer umrunden oder überfliegen würden. Außerdem ist er schneller als ich und springt spielerisch zwischen den Bäumen und Sträuchern herum. Obwohl er nicht fliegen kann, ist seine Ausdauer und Kraft nicht minder ausgeprägt, als die von uns geflügelten Drachen. So geschickt wie er sich bewegt würde ich ihn nur zu gerne mal am Himmel sehen, aber dafür bräuchte er Flügel.
Was ist mit deiner Familie?, erkundige ich mich.
Sein spielerisches Verhalten ebbt von einer Sekunde zur anderen ab und er lässt den Kopf hängen. Wie es ihm wohl ergangen ist.
Ich fing kurz nach meiner Geschlechtsreife an mich für Motorräder zu interessieren. Meine Familie hat es nie verstanden, aber meine Eltern haben es mir zum Glück nicht verboten. Aber das ist eigentlich auch egal …, bei diesen Wort stößt er ein fauchendes Seufzen aus.
Egal?, frage ich ihn schockiert. *Wie kann das egal sein?*
Als ich keine Flügel bekam, haben sie mich verstoßen.
WAS?, ist mein gedanklicher Aufschrei, während ich vor Wut so laut brülle, dass sämtliche Vögel in der Umgebung aufgeschreckt davon fliegen.
Meine Familie ist halt sehr traditionell., sagt er und klingt resigniert.
Ich knurre und verpasse ihm einen Schlag mit dem Schwanz auf den Hinterkopf.
Das ist nicht traditionell. Das ist einfach nur erbärmlich., weise ich ihn zurück und große rote Augen sehen mich an.

Du kennst meine Familie nicht., brummt Mike.
Verteidige sie jetzt bloß nicht noch., verlange ich voller Ärger und stoße ihn mit einer Pfote an. *Was haben die in ihrer Erziehung mit dir gemacht, dass du so bist? Flügel sind doch kein Grund einen Drachen zu verstoßen.* Ich kann es einfach nicht verstehen. Das ist so erbärmlich. Jetzt kann ich aber auch verstehen, warum er nicht will, dass die Menschen in der Werkstatt seine wahre Natur kennen. Er kann sonst nirgendwohin. *Das ist lächerlich.*
Meine Familie ist anders., seine Gedankenstimme ist leise. Ich nicke ihm zu, damit er mir das genauer erklärt. *Meine Familie gehört zu einer Gruppe von Drachen, die möchte, dass wir Drachen stärker werden. Sie versuchen sogar möglichst viele heterosexuelle Verbindungen herzustellen.* Das ist noch lächerlicher. Drachen stehen auf beide Geschlechter. Daran kann keine Erziehung der Welt etwas ändern. *Diese Gruppe sorgt dafür, dass Drachen in ihrer Geschlechtsreife, möglichst nur mit dem anderen Geschlecht Umgang haben. Auf diese Weise wollen sie die Zahl der Drachengeburten erhöhen.*
Ich schüttele mich und brülle wieder.
So etwas lächerliches habe ich noch nie gehört., schnaube ich schließlich.
Ich kenne es nicht anders.
Dann muss ich dir wohl die andere Seite des Drachenlebens zeigen., stelle ich fest.
Ach was. Du kommst nicht aus dieser Gegend und ich will meine Ausbildung zu Ende machen., erwidert Mike ablehnend. Ich denke für einen Moment über seine Worte nach und fordere ihn dann auf: *Komm mal mit.*
Am Boden brauche ich etwas länger, um den Baum mit der Baumhöhle ausfindig zu machen. Davor verwandele ich mich zurück und grinse ihn an. Seine Augen sind groß. Bei seiner Geschichte wird er vermutlich noch nie einen anderen, männlichen Drachen so gesehen haben. Ich wende mich nach

einem Moment dem Baum zu und strecke mich zu der Baumhöhle hinauf, in der ich meine Sachen verstaut habe. Dabei spüre ich genau wie Mikes Blick meinen Körper scannt. Ein Kribbeln läuft von meinem Nacken über meinen gesamten Rücken, während er das tut. Nachdem ich die Visitenkarte gefunden habe, drehe ich mich wieder herum und gehe auf ihn zu, um sie ihm zwischen zwei Schuppen zu schieben. Er sieht beschämt zur Seite, was äußerst ungewöhnlich ist. Normalerweise haben Drachen kein Problem mit Nacktheit. Was haben die in ihrer Erziehung mit diesem Jungen noch gemacht, dass er sich so verhält?
„Wenn du mal Hilfe brauchst, oder einfach nur reden willst.", kommentiere ich meine Handlung.
Danke., brummt seine Stimme in meinem Kopf.
Er wirkt trotz seiner Größe zerbrechlich und so verletzlich, dass es mich regelrecht schmerzt. Wie kann man einem jungen Drachen so etwas nur an tun? Ich habe das starke Bedürfnis ihm Selbstbewusstsein und Stolz zurück zu geben. Das was seine Familie ihm genommen hat. Ich schlage mit geballter Faust gegen eine Baum und über mir gibt ein Eichhörnchen protestierende Laute von sich. Ich trete dicht auf Mike zu und umfasse seinen Kopf mit meinen Händen, um ihm tief in die Augen sehen zu können. In ihnen lodert ein Feuer, das ich nur bei wenigen Drachen so ausgeprägt gesehen habe.
„Du bist ein unglaublicher Drache, Mike." Er schnaubt abfällig. „Du hast überhaupt keine Ahnung wie toll du bist. Flügel alleine machen keinen Drachen aus. Es gibt viel wichtigere Dinge."
Na sicher., er klingt so verdammt sarkastisch und verletzt, dass sich sein Schmerz förmlich in mich hinein zu bohren scheint.
„Ich meine das Ernst." Er bleckt die Zähne. „Du brauchst mich nicht so anzusehen. Ich meine es so wie ich es sage. So geschickt wie du dich am Boden bewegst, habe ich manchen Drachen nicht beim Fliegen erlebt." Ich löse eine Hand von

seinem Kopf und lege sie auf seine Brust, genau über seine Feuerlunge. „Das Feuer ist etwas, das einen Drachen ausmacht. Das heiße Blut in unsere Adern. Unser Temperament. Das hängt nicht mit Flügeln zusammen." Ich weiß, dass ein paar Worte von mir nicht reichen werden, um ihm das Verlorene zurück zu geben, aber es könnte auf jeden Fall ein Anfang sein. „Und wenn ich dich im Wald sehe und in deine Augen blicke, dann weiß ich, dass du diese Dinge in dir hast."
Die Flammen in seinen Augen lodern auf. Seine Schuppen biegen sich auseinander. Die Visitenkarte fällt zu Boden. Sein Körper fällt scheinbar in sich zusammen. Er taumelt als er sich zurück verwandelt hat. Jetzt bin ich noch überraschter, als vorher. Mike scheint emotionale Rückverwandlungen nicht zu kennen. Das tun Drachen für gewöhnlich eher im Junglingsalter. Verwirrt sieht er sich um. Als sein Blick auf mich fällt, färben sich seine Wangen leicht rot. Ich muss lachen. Er sieht süß und komisch aus, so verwirrt wie er gerade ist.
„Was?", bringt er nur ein Wort heraus.
„Das legt sich.", teile ich ihm immer noch amüsiert mit, nachdem ich mich etwas beruhigt habe. „Es ist nur ungewöhnlich in deinem Alter. Das machen sonst Junglinge."
Er stößt ein Seufzen aus und ich könnte mich selbst in den Schwanz beißen. So etwas sollte ich einem Drachen, der so behandelt wurde wie Mike, nicht unbedingt sagen. „Aber das ist nichts schlechtes. Es hängt damit zusammen, wie sehr man sich selbst unter Kontrolle haben musste."
„Sicher.", brummt er.
Ich trete zu ihm und ziehe ihn in meine Arme. Ich kann nicht anders. Sein nackter Körper in meinen Armen lässt mich allerdings nicht kalt und ich frage mich, ob es eine gute Idee war. Er schmiegt sich eng an mich, was das Kribbeln und die Hitze in meinem Blut nur noch mehr ansteigen lässt. Ich schiebe ihn ein Stück von mir, damit er es nicht bemerkt. Sein

verwirrter Blick ist so was von niedlich. Mein Körper scheint meinen Gedanken nicht länger gehorchen zu wollen. Ich strecke die Hand aus und lasse meine Finger in die schwarzen Haare in seinem Nacken wandern. Sein Blick ist überrascht. Mike kann es nicht einordnen. Ich ziehe ihn wieder näher zu mir. Mein Puls schießt in die Höhe. Ich habe daran gedacht, aber nicht so. Nicht auf diese Weise. Seine Rehaugen sind weit aufgerissen. Ich lege meine Lippen auf seine und heiße Flammen erobern meinen ganzen Körper. Ich ziehe Mike endgültig an mich heran, drücke unsere Körper eng aneinander und erobere seinen Mund. Er keucht, zögert und erwidert den Kuss dann. Seine Finger krallen sich in meinen Körper. Mein linker Arm und mein rechter Flügel sind stark zerkratzt, als wir uns voneinander lösen. Mike weicht zurück und berührt mit zwei Fingern seine Lippen. Er starrt mich nur an, als könne er nicht glauben was gerade geschehen ist. Ich lecke mir über die Lippen, kann ihn so noch einmal schmecken. Mein Gegenüber starrt auf meine Lippen.
„Ich hab doch gesagt, dass du ein toller Drache bist, Mike.", zwinkere ich ihm zu. Ich hebe die Visitenkarte vom Boden auf und halte sie ihm hin. Als sich unsere Hände berühren, kann ich sehen, dass sich die Härchen auf seinen Armen aufstellen.
„Du kannst jederzeit zu mir kommen. Das solltest du wissen."
„Ich ...", setzt er an, schweigt dann aber doch.
Ich beuge mich wieder zu ihm und er holt hörbar Luft. Ich lehne mich zu seinem Ohr und flüstere ihm ins Ohr: „Wenn du eine andere Geschichte hättest, würde ich dich noch heute verführen." Er schnappt nach Luft. „Nicht gleich überdrehen, Lindwurm." Ich trete zurück und verwandele mich wieder. *Bis dann!*
Mit einem Satz schwinge ich mich in die Luft. Einzelne bunte Blätter bleiben an meinem Körper hängen, als ich durch die herbstlichen Baumkronen fliege.

3. Mike – Plötzlich Flügel

Fünf Wochen sind vergangen seit Lionel bei uns in der Werkstatt aufgetaucht ist. Eigentlich hätte ich mit dem Thema abschließen sollen, aber das kann ich nicht. Ich kann diese Zeit im Wald einfach nicht vergessen. Noch nie hat mich ein Drache so behandelt wie er. Erst die Strenge und Disziplin meiner Familie und der Gemeinschaft und dann der Verstoß wegen meiner Flügel. Richtig akzeptiert zu werden habe ich nie gespürt bis ich Lionel getroffen habe. Ihn schien es nicht zu stören, dass ich keine Flügel habe. Er hat nicht die Nase gerümpft, als ich vorgeschlagen haben etwas zu gehen, obwohl ich weiß, dass er gerne geflogen wäre. Das ist aber nicht alles. Ich habe schon einige Erfahrungen, aber wegen der Einstellung meiner Familie nur mit Frauen, nicht mit Männern. Und keine dieser Erfahrungen kommt auch nur an das heran, was Lionel in mir ausgelöst hat. Sein Kuss war ein Sturm an Gefühlen, Feuer und Blitzen. Besser könnte ich es nicht beschreiben. Ich erinnere mich an unsere Begegnung am Tag danach, als wäre es gerade erst passiert. Unsere letzte Begegnung. Er ist in die Werkstatt gekommen, um seine Maschine abzuholen, aber sein Blick lag auf mir. Ich hatte die ganze Zeit das Gefühl, dass er mich mit diesem Blick auf seinen goldgelben Augen auffordern wollte mit ihm zu kommen. In mir hat bei diesem Blick alles gekribbelt, aber gefolgt bin ich ihm nicht. Immerhin kenne ich Lionel kaum. Allerdings habe ich mich seit diesem Tag immer gefragt, wie es gewesen wäre, wenn ich nicht geblieben wäre. Ich weiß es aber nicht. Es hat seitdem keine Nacht gegeben, in der ich nicht von ihm geträumt habe. Jetzt liege ich wie jeden Morgen auf dem Bett und bemühe mich, mich an die Geschehnisse in meinen Träumen zu erinnern. Mich trifft fast der Schlag, als ich mich erinnere davon geträumt zu haben, selbst Flügel zu haben und mit Lionel zusammen zu fliegen. Geschockt richte ich mich auf und die Welt um mich herum dreht sich. Was ist denn jetzt los? Ich warte bis die Welt nachgerückt ist, ehe ich aufstehe und mich wie jeden Morgen strecke. Es ist anders. Ich habe das Gefühl, die Muskeln in meinem Rücken würden sich bei jeder Bewegung verschieben. Dabei habe ich gestern doch nichts gemacht, was anders gewesen wäre als sonst. Ich überlege noch einmal, aber mir fällt nichts ein. Mit einem mulmigen Gefühl in der Magengegend gehe ich zur Badenische und zucke beim Blick in den Spiegel erschrocken zurück. Nein! Das kann nicht sein. Nicht jetzt. Mein Puls rast vor Aufregung und Angst. Ich sehe noch einmal in den Spiegel, in der Hoffnung mich getäuscht zu haben, doch es bleibt wie es ist. Blutrote Augen blicken mir aus meinem eigenen Gesicht entgegen. Ich streife mein Schlafshirt aus und drehe mich um. Ich biege meinen Kopf so herum, dass es schon weh tut, aber nur so kann ich meinen Rücken im Spiegel sehen. Grüne Linien bilden ein geometrisches Muster auf meinem Rücken, das an die Flügel erinnert, die es wohl sind. Ich sinke zu Boden und schnappe nach Luft. Ich werde alles verlieren. Ich springe wieder auf. Trotz allem muss ich sicher gehen, es ganz genau wissen. Ich fahre mir lieblos und hastig mit der Bürste durch die Haare und werfe Kleidung über, ohne mir Gedanken zu machen, was ich da eigentlich anziehe. Ich stürze förmlich aus dem Raum und Lukas muss zur Seite springen, als ich wie von Furien gejagt die Treppe hinunter haste. Nur Glück verhindert, dass er die Stufen hinunterstürzt. In jeder anderen Situation wäre ich bestürzt, aber jetzt muss ich einfach nur noch raus. Die Tür fällt überlaut hinter mir ins Schloss. Ich habe das Gefühl nicht zurückkehren zu können. Ich renne so schnell wie ich nur kann. Als sich die Schatten der Bäume um mich schließen, streife ich mein Oberteil hastig ab und meine restlichen Kleidungsstücke fallen ebenfalls im Eiltempo zu Boden. Ich rufe den Drachen in mir wach und der Schmerz explodiert förmlich in meinem Rücken. Es fühlt sich ganz anders an als sonst. Meine Glieder verbiegen sich wie ich es kenne, aber mein Rücken ist ein einziges Feld von Schmerzen. Meine Beine geben unter mir nach. Ich zittere und wimmere unter den Schmerzen. Es ist schlimmer, als meine erste Verwandlung. Dann ist es plötzlich vorbei. Ich blinzele. Schwer atmend stemme ich mich hoch. Es ist anstrengender als früher. Meine Flügel sind schwer. Ich keuche auf. Mein rechter Flügel ist gegen einen Baum gestoßen. Ich bewege mich vorsichtiger. Jetzt kann ich mich in meinem Drachenkörper nicht mehr so bewegen, wie ich es gewohnt bin. Meine Flügel sind immer irgendwie im Weg. Ich kämpfe mich aus dem Wald heraus und reiße dabei von etlichen Bäumen Rinde und Äste ab.

Schließlich lande ich auf einem Maisfeld. Die höchste Ähre ist so hoch wie mein Bein lang. Hier an diesem Ort strecke ich meine Flügel aus und fühle den Wind an meinen Flügelkanten. Lange Schatten breiten sich über den Maispflanzen aus. Ich drehe den Kopf etwas herum und kann sehen, dass meine Flügel länger sind als ich je gedacht hätte. Jeder Flügel scheint fast so lang zu sein wie mein Körper. Ich ziehe die Flügel zurück an meinen Körper und knurre. Es sieht immer so einfach aus die Flügel anzulegen, aber das ist es bei weitem nicht. Ich brauche mehrere Minuten bis es mir gelingt und ich wiederhole das alles mehrere Male. Dann lasse ich mich mit angelegten Flügeln auf den Hinterläufen nieder. Ich muss mir überlegen was ich jetzt tun soll. Ich weiß, dass ich nicht mehr in der Werkstatt bleiben kann. Mir ist deutlich bewusst, dass sie Drachen nicht mögen. Nicht ohne Grund habe ich meine Herkunft verborgen. Ich brülle frustriert in den Himmel. Nur noch wenige Wochen hätte ich gebraucht, um meine Ausbildung zu beenden. Danach hätte ich doch ruhig Flügel kriegen können, aber doch nicht so kurz davor. Mit Flügeln könnte ich jetzt zu meiner Familie zurück, aber das kann ich nicht. Ich muss an Lionel denken. Hat er sein Angebot ernst gemeint? Wie wird er sich wohl fühlen, wenn ich nur wegen meiner Flügel zu ihm komme? Ich knurre und reiße mit meinem Schwanz einzelne Maisähren aus dem Boden. Wie sollte ich bei Lionel auftauchen, wenn ich solche Gründe habe? Ich denke wieder an seinen Kuss und in meinem Bauch kocht Hitze auf. Ich schüttele mich. Was soll ich nur tun? Habe ich überhaupt eine Wahl? Meine Familie ist keine Option, die Werkstatt auch nicht, ich habe noch nie gejagt und könnte schwerlich in der Wildnis überleben. Ich habe nicht genug Ersparnisse, um alleine über die Runden zu kommen. Es gibt zu wenig Leute, die Drachen anstellen. Viel zu wenig. Schon gar nicht ohne abgeschlossene Ausbildung. Ich presse die Zähne fest zusammen. Ich will nicht, dass Lionel denkt, dass ich nur aus Not zu ihm komme, aber ich sehe keinen anderen Weg. Ich spüre, dass ich nicht zurückkehren kann. In keines meiner bisherigen Leben. Nicht bei meiner Familie. Nicht in der Werkstatt. Ich schüttele mich und wende mich wieder dem Wald zu. Zwischen den Bäumen verwandele ich mich zurück, um nicht wieder überall mit meinen Flügeln anzustoßen.

Ich straffe die Schultern, als ich zurück zur Werkstatt komme. Ich muss meine Sachen holen und mich verabschieden. Ich bin vieles. Ein Drache. Ein Motorradfreak. Ein angehender Mechaniker. Aber ich bin kein Feigling. Ich habe mich vor über drei Jahren meiner Familie gestellt, bevor sie mich verstoßen haben und ich werde auch jetzt nicht einfach davon laufen. Der Weg zu meinem Zimmer ist zurückgelegt, ohne dass ich jemandem begegne. Ich verriegele die Tür hinter mir und packe meinen Rucksack mit den wenigen Habseligkeiten. Ich ziehe mich eilig um, denn in den Klamotten, die ich mir vorher notdürftig übergestreift habe kann ich nicht Motorradfahren. Na ja, können schon, aber das sähe lächerlich aus und das will ich nicht, wenn ich bei Lionel auftauche. Als ich so an ihn denke, gehe ich noch einmal zur Badenische und bürste meine

Haare ordentlicher. Ich will gut aussehen, wenn ich ihn wiedertreffe.

Mit klopfendem Herzen betrete ich letztendlich die Werkstatt. Ich halte den Kopf etwas gesenkt, damit sie es nicht sofort bemerken.
„Da bist du ja, Mike. Wurde auch Zeit.", ruft Lukas erleichtert aus. „Ich habe mir schon Sorgen gemacht." Alles in mir verkrampft sich. „Wozu der Rucksack?"
„Ich gehe.", bringe ich mit zitternder Stimme heraus und könnte mich selbst verfluchen, weil ich nicht selbstbewusster klinge.
„Willst du uns auf den Arm nehmen?", fragt Lukas verblüfft.
„Nein.", dieses Mal klinge ich zumindest ein wenig entschlossener.
„Hast du dafür einen guten Grund? Da ist immer noch die Kündigungsfrist.", kommt es entschieden vom Chef.
So habe ich ihn noch nie reden gehört. Sonst war er immer freundlich und fast mehr kumpelhaft, als den Chef heraushängen zu lassen.
„Den habe ich.", bringe ich angestrengt heraus und hebe den Kopf. Die beiden ziehen erschrocken die Luft ein. „Tut mir leid. Ich konnte euch nichts sagen. Ich wusste einfach nicht wohin ich sonst gehen sollte."
Lukas starrt mich einfach nur rein. Auch der Chef braucht einige Sekunden, um sich wieder zu fangen. Dann wird sein Gesichtsausdruck feindselig. Ein Sprung innerhalb eines Sekundenbruchteils. Ich spanne mich an. Sein Griff um den Schraubenschlüssel verstärkt sich so sehr, dass seine Knöchel weiß hervor treten. Ich habe den Eindruck, dass er am liebsten damit zuschlagen würde.
„Raus.", schreit er mich an. „Du bist wegen Betrug fristlos entlassen."
„Dachte ich mir.", bringe ich bemüht ruhig heraus.

Als die Tür der Werkstatt hinter mir zufällt, höre ich ein Krachen. Offenbar hat er doch noch zugeschlagen. Ich denke an Lionels Adresse. Die Visitenkarte habe ich längst verbrannt, aber mein fotografisches Drachengedächtnis hat jedes Detail abgespeichert. Ich werfe noch einen letzten Blick zurück, ehe ich mich auf den Weg mache. Mein Herz klopft heftig vor Aufregung, als ich auf mein Motorrad steige.

4. Lionel – Er taucht auf

Ich habe gerade eine Zigarette angezündet, als es an der Tür meines Arbeitszimmers klopft.
„Ja?", ruft ich.
Die Tür öffnet sich und Jane, mein Hausmädchen, kommt herein. Ihre orangen Augen mustern mich kurz, was ich aber ignoriere. Ich weiß, dass sie durchaus Interesse an mir hätte, aber für mich ist sie nur eine Bedienstete. Ein junger Drache, den ich angestellt habe, weil sie das Geld brauchte und ich ohnehin eine Hilfe gebrauchen konnte. Ein Drache war mir da eindeutig lieber, als ein Mensch. Zum einen kommt ein Drache besser mit meinen Eigenarten zurecht und zum anderen muss ich mir wenigstens nicht alle paar Jahrzehnte jemand neuen suchen.
„Ein junger Drache ist an der Tür. Er behauptet ein Freund zu sein.", erklärt Jane mir.
Sie sieht überrascht aus, als ich sofort aufstehe. Seit Wochen bin ich unruhig, auch wenn ich es so gut es ging zu verbergen versucht habe. Irgendetwas hat sich verändert nachdem ich Mike getroffen habe. Vielleicht ist es das düstere Schicksal dieses jungen Drachen, das sich in so ziemlich allem von meinem unterscheidet.
„Bring mich zu ihm.", verlange ich und tue so als hätte ich Janes Überraschung nicht bemerkt.

Kurz darauf betrete ich die Eingangshalle und mein Herz klopft heftiger. Ich spanne alle Muskeln an, um meine Schritte nicht zu beschleunigen, weil ich mich freue Mike zu sehen. Ich mache eine Handbewegung und Jane huscht nach einem letzten Blick auf mich davon.
„Mike.", nicke ich ihm zu, als wir uns gegenüber stehen.
„Ich dachte mir schon, dass du reich bist, aber das habe ich echt nicht erwartet.", sagt er und scheint damit seine Nervosität überspielen zu wollen.
Ich bemühe mich möglichst sachlich zu klingen, immerhin weiß ich nicht was er hier will, außer dass er inzwischen Flügel hat, wie ich sehen kann: „Was kann ich für dich tun?"
„Du hast gesagt, wenn ich Hilfe brauche ...", er bricht ab und schluckt schwer.
„Ich stehe zu meinem Wort.", nicke ich. „Komm mit." Ich sehe auf den Rucksack, den er über einer Schulter trägt. „Du solltest deinen Rucksack abstellen und wir sollten uns setzen, dann kannst du mir erzählen was los ist."

Mike zappelt auf seinem Platz herum. Vermutlich weil ich nach seiner Erzählung schon eine ganze Weile schweige und über die Situation nachdenke. Ich will ihm helfen, aber er wirkt auf mich nicht so, als würde er einfach so Hilfe annehmen. Also habe ich mir in den Minuten des Schweigens etwas überlegt.
„Ich hätte ein Angebot für dich.", sage ich schließlich.
Mit großen roten Augen sieht er mich an. Es hat sich nichts verändert. Das ist richtig süß. Ich würde ihn gerne wieder küssen und noch viel mehr, aber ich halte mich zurück.
„Ja?", fragt Mike mich erstaunt.
„Ich handele mit alten Motorrädern." Er wirkt noch überraschter. Ich lächele. „Dadurch habe ich einige Kontakte. Ich bin sicher, dass ich eine Werkstatt hier in der Gegend finden kann, bei der du deine Ausbildung abschließen kannst.

Du kannst hier wohnen." Ich ahne, dass er etwas dagegen sagen will und ich fahre schnell fort, bevor er dazu kommt. „Aber ..." Seine Augen werden noch größer. „... dafür verpflichtest du dich nach dem Abschluss deiner Ausbildung 10 Jahre für mich zu arbeiten."
„Ernsthaft?", fragt er zögerlich.
Ich nicke und meine: „Natürlich. Das ist mein Angebot. Einverstanden." Ich halte ihm meine Hand entgegen. Er nickt, wirkt dabei aber sprachlos. „Dann werde ich nachher mal etwas herumtelefonieren und wir beide setzen einen Vertrag auf."
„Okay.", murmelt Mike.
Ich stehe auf und sehe ihn an: „Komm mit. Ich zeige dir etwas."

Durch eine Tür betreten wir die große Garage. Mikes Augen werden größer, als er die vielen verschiedenen Motorräder sieht. Einige davon sind fahrtüchtig, andere nicht. Er sieht sich lange Zeit um, wirft dabei aber immer wieder Blick zu mir und mein Herz klopft heftig, wenn ich seine leuchtenden Augen sehe. Er ist wirklich begeistert. Es freut mich, dass es so ist. Irgendwann, ich habe bei seinem Anblick vollkommen die Zeit vergessen, kommt er zu mir zurück und strahlt mich an.
„Ich soll sie zum laufen bringen?", fragt er und seine Begeisterung ist förmlich greifbar.
„Das wäre das eine, aber ich möchte auch, dass du mich bei längeren Touren begleitest, falls etwas passiert. Ich zerkratze meine Maschinen nur sehr ungern, weil ich sie zur Werkstatt bringen muss.", antworte ich und zwinkere ihm zu.
„Danke.", ruft Mike aus und drückt mir im Überschwang einen kurzen Kuss auf die Lippen.
Ich bin verblüfft und er weicht schnell mehrere Schritte zurück. „Komm wieder her.", fordere ich ihn auf.
Er sieht mich mit diesen süßen Blick aus seinen strahlend roten Augen an und kommt vorsichtig näher. Ich ziehe ihn in einer

Bewegung an meinen Körper und er sieht mich überrumpelt an.
„Lio ...", setzt er an meinen Namen auszusprechen, da küsse ich ihn bereits.
Seine Hände verkrallen sich in meinem Oberteil, wie beim ersten Mal in meiner Haut. Ich halte ihn fest, lasse ihn nicht frei und schüre das Feuer in unseren Körpern. Es erregt mich über alle Maßen, aber ich tue nichts, außer ihn zu küssen.
„Willkommen.", raune ich ihm schließlich zu.
„Was ist das hier jetzt?", fragt Mike leise, zögerlich, zurückhaltend.
Ich lache und drücke ihn wieder an meinen Körper.
„Abwarten.", sage ich dann, um ihn nicht zu verschrecken.
„Lass es uns langsam angehen. Ich finde dich süß. Ich küsse dich gerne. Das ist doch ein ganz guter Ansatzpunkt, oder?"
Mike scheint darüber nachzudenken. Sein Blick richtet sich mal auf den Boden, dann wieder auf mich. Ich beiße mir angespannt auf die Unterlippe und warte unruhig auf seine Antwort.
„Okay.", flüstert er schließlich.
Ich ziehe ihn erneut zu mir und küsse ihn. Er keucht an meinem Mund. In seinen Augen lodern intensive Flammen, als ich schließlich hineinblicke. Ich kann den Blick gar nicht von ihm abwenden und fahre mit meinen Fingern seine Gesichtszüge nach.

Da wir beschlossen haben es auf uns zukommen zu lassen sind wir auf dem Weg zu einem Zimmer für ihn. Eine Tür öffnet sich und meine Mutter kommt heraus. In den letzten drei Jahren ist sie rasend schnell gealtert, was für Drachen sehr ungewöhnlich ist. Ihre gelben Augen sind matt, wie meistens in diesen Jahren.
„Warte kurz.", flüstere ich Mike zu und gehe auf Mutter zu.
„Du solltest im Bett bleiben, wenn es dir nicht gut geht, Muttrer.", sage ich besorgt zu ihr. Da ihre Bewegungen

unsicher sind, ist es nicht schwer zu sehen, wie es ihr geht. Ich bin fast bei ihr, als ihre Beine nachgeben. Ich kann sie auffangen, bevor sie auf dem Boden aufkommt. Vorsichtig hebe ich ihren viel zu leichten Körper hoch. „Ich bringe dich zurück ins Bett." Sie muss etwas essen. „Ich schicke Jane gleich mit etwas zu essen zu dir."
„Ich habe keinen Hunger.", murmelt Mutter mit dieser schwachen, traurigen und gebrochenen Stimme, die sie seit Vaters Tod immer hat.
„Du musst etwas essen.", ermahne ich sie und sehe zu Mike. „Kannst du mir die Tür öffnen?" Er tut mir den Gefallen. „Danke, Mike."

5. Mike – Lionels Mutter

Ich bin schockiert vom Anblick seiner Mutter. Natürlich habe ich schon davon gehört, was mit Drachen passiert, die ihre Partner verlieren und dass es sich manchmal über Jahre hinziehen kann. Es zu sehen ist etwas ganz anderes. Ich beobachte angespannt wie Lionel seine Mutter ganz sanft auf das Bett legt. Seine Gesichtszüge wirken in diesem Moment so weich, wie ich sie noch nie gesehen habe. Okay, ich kenne ihn nicht lange, aber er scheint jetzt offener zu sein. Ich bin erstaunt, als er ihr einen sanften Kuss auf die Stirn gibt.
„Iss etwas.", sagt er dann beschwörend und kommt auf mich zu.
Lionel schiebt mich auf dem Raum und schließt die Tür hinter uns. Ich streichele über seine Schulter und sehe ihn ernst an. „Es tut mir so leid.", flüstere ich, aber ich merke selbst, dass es platt klingt.
Mir wird sämtliche Luft aus den Lungen gepresst, als er mich hart an sich presst. Ich kriege kaum noch Luft. Im nächsten Moment lockert er seinen Griff, als hätte er es bemerkt. Erst

jetzt merke ich wie er zittert. Ich kann förmlich spüren, dass es das erste Mal seit dem Tod seines Vaters ist, dass er sich gehen lässt. Ich halte ihn einfach nur fest, streichele ihm über den Rücken und warte ab bis das Zittern verebbt.
„Das hättest du nicht sehen müssen.", meint er schließlich unwillig.
„Hey, du hast mir Hilfe angeboten, Lionel. Jetzt lass mich dir auch mal helfen.", erwidere ich. Er schafft es ein wenig zu lächeln und ich drücke ihm einen Kuss auf die Lippen. „So ist es gut, Lionel."
„Ich hab doch gesagt, dass du ein toller Drache bist.", meint er und drückt mich noch einmal an sich.

Ich lehne mich seufzend an Lionel. Er hat es überraschend schnell geschafft mir eine Stelle zu verschaffen, wo ich meine Ausbildung beenden kann. Es hat mich überrascht. Jetzt kommen wir von der Werkstatt wo ich kurz mit dem Chef gesprochen habe. Er wollte mich kennenlernen, bevor ich bei ihm anfange. Lionel hat mir eine von seinen Maschinen zur Verfügung gestellt. Sie ist deutlich besser als das Motorrad, dass ich mir für kleines Geld geholt hat. Den Grund habe ich erst verstanden, als wir bei der Werkstatt angekommen sind. Es ist eine Werkstatt für die teureren Maschinen. Jetzt sind wir gerade zurückgekommen. Ich kann immer noch nicht fassen, dass dieser Drache in dieser riesigen Villa lebt. Er öffnet die Tür und schiebt mich hinein. Obwohl ich gestern und heute schon drei Mal hier war, wandert mein Blick dennoch über die eindrucksvolle Eingangshalle. Erst Lionels „Mutter!", reißt mich aus der Betrachtung. Ich folge seinem Blick und entdecke die so krank wirkende Frau auf der Treppe ins obere Stockwerk. Sie wirkt, als würde sie jeden Moment die Treppe hinunter stürzen. Das scheint auch Lionel zu denken, denn er löst seinen Arm um mich und stürmt zu ihr.
„Ich will mit ihm sprechen.", höre ich seine Mutter sagen und

sie klingt dabei kräftiger als am gestrigen Tag.
Ihr Blick ist dabei auf mich gerichtet. Lionel sieht auch zu mir.
Ich zucke mit den Schultern. Immerhin weiß ich nicht was sie eigentlich von mir will.
„Wir bringen euch auf dein Zimmer. Dann lasse ich euch alleine.", entscheidet der Hausherr und wirft mir einen Blick zu, der mich schlucken lässt.
Ich kann ihn nicht einordnen. Ist er sauer, oder ist das etwas ganz anderes? Mit einem mulmigen Gefühl in der Magengegend folge ich Lionel, der seine Mutter in den oberen Stock trägt.

Ich lege diesem anderen Drachen eine Hand auf den Rücken, um ihm zu vermitteln, dass ich da bin, wenn er mich braucht. Dann verlässt er das Zimmer und ich bin mit seiner Mutter alleine. Ich habe keine Ahnung was ich ihr sagen soll. Diese Frau sieht nicht nur auffällig kränklich aus. Ihre Augen zeugen von einer so tiefen Traurigkeit, dass ich am liebsten davon gelaufen wäre. Aber sie ist Lionels Mutter. Daran muss ich mich selbst erinnern. Und ohne Lionel hätte ich nicht gewusst, wo ich hätte hingehen sollen.
„Setz dich zu mir.", fordert sie mich mit matter Stimme auf und klopft einmal auf die Matratze, auf der sie liegt.
Ich hole tief Luft und komme ihrer Aufforderung nach. Die Matratze gibt unter meinem Gewicht nach und dadurch wird mir so richtig bewusst, wie wenig Lionels Mutter mittlerweile wiegen muss. Die Matratze hat sich bei ihrem Gewicht kaum gesenkt, obwohl sie in kompletter Länge darauf liegt.
„Was wollen sie von mir?", frage ich vorsichtig.
Ihre Hand hebt sich und sie legt sie auf meine. Ich kann die Knochen unter ihrer Haut fühlen. Ihr Blick trifft meinen und die Traurigkeit darin macht mich fertig. Ich wünschte ich könnte irgendetwas für sie tun, aber ich wüsste nicht was irgendjemand tun könnte.

„Ich habe gemerkt wie mein Sohn dich ansieht." Das überrascht mich irgendwie, denn ich hätte nicht gedacht, dass sie sich noch groß um irgendetwas Gedanken macht. So schlimm das für Lionel aus wäre. „Deshalb möchte ich dich um etwas bitten."
„Ja?", flüstere ich, damit meine Gefühle nicht zu sehr in meiner Stimme zu hören sind.
„Pass auf meinen Sohn auf.", sagt sie nach einem Moment. Ich will etwas sagen, als sie meine Hand drückt und mich überraschend entschlossen ansieht. „Ich bitte dich! Versprich mir auf Lionel aufzupassen."
Sie wirkt unglaublich verzweifelt, als würde sie sich trotz ihres eigenen Zustands wahnsinnige Sorgen um ihren Sohn machen. Ich atme tief durch. Ein solches Versprechen kann große Folgen haben. Das weiß ich. Ich sehe diese Frau an, die so sehr leidet, die quasi im sterben liegt. Ihre eingefallen Wangen. Der Körper unter dessen Haut man jeden Knochen erkennen kann, als wäre sie krank, aber eigentlich hat sie ein gebrochenes Herz. Ich muss an ihren Sohn denken. Den Drachen, der mich als einziger so akzeptiert hat wie ich bin, auch als ich keine Flügel hatte. Etwas, das kein Drache zuvor getan hatte. Auch danach hat Lionel dafür gesorgt, dass ich eine Zukunft habe.
„Ich verspreche es.", flüstere ich in diesen Gedanken versunken.
„Danke.", Lionels Mutter lächelt, aber es erreicht ihre Augen nicht.
Ich weiß nicht, was mich dazu treibt, aber als ich aufstehe beuge ich mich noch einmal zu ihr und gebe ihr einen Kuss auf die Stirn, wie das sonst Lionel zu tun pflegt. Es wirkt auf mich wie eine Bekräftigung meines Versprechens.

Fünf Tage bin ich schon bei Lionel. Jetzt komme ich gerade von der Arbeit zurück. Zuhause kann ich es noch nicht nennen, aber ich freue mich auf Lionel. Mit ihm ist es schön. Ich genieße jeden Moment mit ihm und die Küsse, die wir teilen. Ich weiß nicht, was genau zwischen uns ist, aber es gefällt mir. Ich schließe die Tür der riesigen Villa auf und im selben Moment kommt Lionel mir schon entgegen. Er wirkt anders, als ich ihn je gesehen habe. Ich bin sofort alarmiert. Irgendetwas ist passiert. Er schlingt seine Arme um mich und ich halte seinen bebenden Körper fest. Manchmal wünsche ich mir, dass auch Drachen weinen könnten, denn bei Menschen habe ich gehört, dass das helfen kann. Ich muss Lionel regelrecht auffangen, als seine Beine unter ihm nachgeben. Irgendwann höre ich aus den unzusammenhängenden Worten, die er ausstößt, dass seine Mutter gestorben ist. Ich kann nichts anderes tun, als ihn zu halten und zu versuchen mein Versprechen zu halten.

6. Lionel – Nur weg!

Es sind etliche Wochen vergangen, seit Mutter gestorben ist. Inzwischen habe ich mich wieder gefangen, aber wohl fühle ich mich nur, wenn ich mit Mike zusammen bin. Nur leider ist er einen Großteil seiner Zeit weg, denn er muss seine Ausbildung abschließen. In dieser Zeit zittere ich zwar nicht mehr, aber ich bin immer unruhig. Wenn er frei hat, dann machen wir immer irgendwelche Motorradtouren. Ich bin es, der ihn jedes Mal aufs Neue dazu überredet, selbst wenn er erschöpft ist. Ich halte es kaum mehr als ein paar Stunden in der Villa aus. Es fühlt sich seltsam an, dass Mutter nicht mehr da ist. Leer! Heute bin ich jedoch besonders nervös. Mike hat heute seine Abschlussprüfung und wenn er sie besteht, dann habe ich etwas vor. Sofern er einverstanden ist. Ich werde ihn jedenfalls nicht mit dem Vertrag erpressen, wie mein Vater es vielleicht getan hätte. Ich stehe vor der Villa neben meiner Maschine, das Motorrad wegen dem wir uns überhaupt erst

kennengelernt haben. Mike ist mit einer meiner anderen Maschinen unterwegs und ich lausche auf das Geräusch des Motors, um zu wissen, dass er zurück kommt. Egal wie es ausgegangen ist, ich möchte heute mit ihm etwas fahren. Dann endlich höre ich es und kurz darauf kommt er die Auffahrt hinauf gefahren. Neben mir stoppt er und nimmt den Helm an. Seine roten Augen strahlen regelrecht und geben mir bereits die Antwort auf die heutige Frage.
„Glückwunsch.", sage ich, ohne dass er es aussprechen muss.
„Danke.", lächelt er und sein Blick scannt mich in meiner Ledercombi.
Ich bin nicht blöd. Mir ist längst aufgefallen, dass er darauf steht mich in dieser Kleidung zu sehen. Ich lehne mich zu ihm vor und unsere Lippen schmiegen sich heiß aneinander, als ich ihn küsse.
„Lass uns etwas fahren.", bitte ich ihn dann.
„Okay.", stimmt er mir zu, ohne zu zögern.
Ich lächele und greife nach meinem Helm. Er hat sich etwas verändert. Noch immer finde ich ihn niedlich, wie er mich manchmal mit großen Augen ansieht, aber er ist aufgeblüht, wirkt lebensfroher und das macht mich glücklich, trotz der Ereignisse der letzten Zeit. Ich fahre vor, denn heute habe ich ein ganz bestimmtes Ziel. Eine Zeitlang genießen wir beide nur das Gefühl von Freiheit, während wir unterwegs sind.

Schließlich fahre ich in ein abgelegenes Waldgebiet. Auf einem Waldweg stoppe ich und wir steigen ab.
„Willst du laufen?", fragt er verblüfft.
Das haben wir in letzter Zeit nur einmal gemacht. Sonst waren wir fliegen oder kuscheln. Ich schüttele lächelnd den Kopf und hole einige Sachen hervor, die ich mitgenommen habe.
Neugierig versucht er zu sehen, was ich dabei habe, aber ich schaffe es zu verhindern, dass er alles zu sehen bekommt. Ich ziehe ihn mit mir zu einer Lichtung. Ich weiß, dass hier

gelegentlich Liebespaare ihre gemeinsame Zeit verbringen, aber im späten Herbst ist hier niemand. Für uns spielt das keine Rolle. Solange es nicht friert, ist uns Drachen warm genug.
„Ein Picknick?", fragt Mike mich erstaunt, als ich die Hälfte aufgebaut habe.
Ich nicke ihm zu und mache weiter.
„Ich denke doch, dass du nach der Prüfung Hunger hast.", grinse ich ihn letztendlich an und wir setzen uns.
„Da sagst du was.", stöhnt er auf. „Diese Prüfer meinten wohl, dass man einen Drachen besonders gründlich prüfen muss."
„Von wegen fotografisches Gedächtnis?", frage ich.
Mike nickt und greift nach einem Maiskolben. Sein Blick bringt mein Herz dazu aus dem Takt zu geraten wie ein stotternder Motor.
„Lass uns von etwas anderem reden.", bittet er mich.
„Hauptsache ich habe den Abschluss in der Tasche." Er grinst mich an. „Und dank dir muss ich mir auch erst mal keine Gedanken um Bewerbungen machen."
„Sag das nicht so.", brumme ich. „Ich bin froh, dass ich dich habe."
„Ich bin froh bei dir zu sein."
Ich beuge mich über ihn und fange seine Lippen zu einem intensiven Kuss ein. Heute habe ich mehr vor. Ich will ihn schon viel zu lange. Nur wegen seiner besonderen Situation habe ich mich bisher zurück gehalten. Ich schiebe meine Hände unter sein Shirt und kralle mich ich seine Hüfte. Ich dränge mich enger an ihn und spüre seinen vor Hitze lodernden Körper. Meine Gedanken wirbeln durcheinander. Ich will ihn so nah spüren, wie es nur geht. Ich bin nicht vorsichtig, als ich nach seinem Shirt greife und es nach oben reiße. Er keucht so halb nackt vor mir. Ich drücke ihn auf die Decke und grabe meine Zähne in seine Haut. Seine Arme umschlingen mich fest, halten mich nah an seinem Körper. Die Intensität der Gefühle verbrennt mich fast und ich kann in Mikes Augen sehen, dass

er genauso erregt ist wie ich. Meine Finger streichen seine ausgeprägten Bauchmuskeln entlang und mir ist als bekäme ich dabei einen elektrischen Schlag ab. Meine andere halb liegt auf der Innenseite seines Oberschenkels und jetzt lasse ich sie hinauf zu seinem Schritt wandern.
„Ist es okay?", frage ich mit vor verlangen dunkler Stimme und einem tiefen Knurren.
„Ja.", keucht Mike auf. Ich grinse erregt und greife mit meinen Händen nach dem Saum seiner Hose. „Mir ist so heiß."
Diese paar Worte zwingen mich förmlich dazu mit mir zu kämpfen, denn ich werde ihm nur weh tun, wenn ich mich zu schnell auf ihn stürze. Seine Hände streichen über meinen Rücken, meine Flügel. Jede seiner Berührung kribbelt und erregt mich. Ich kann seinen Herzschlag förmlich in meinem Körper widerhallen spüren. Es rast richtig gehend. Ich küsse ihn gierig und heiß, während ich den Knopf seiner Hose öffne und ihm die Lederhose und Unterhose ausziehe. Nackt liegt er vor mir und ich lasse meine Lippen seinen Oberkörper entlang malen. Ich höre ihn keuchen und spüre wie sich seine Finger in meine Haare graben. Ich knabbere an einer seiner Brustwarzen, die hart vor Erregung ist. Meine Zunge fährt weiter hinab. Ich wandere immer weiter nach unten. Er fühlt sich gut an unter mir. Jede Sekunde wird es besser. Die Welt um uns herum ist komplett ausgeblendet. Sie existiert einfach nicht mehr. So etwas ist mir vollkommen neu. Ich umfasse mit meinen Fingern seine Männlichkeit. Ich massiere ihn langsam. Er stöhnt und sein Schwanz schwillt in meiner Hand weiter an. Ich rutschte an ihm hinab und streiche mit meiner Zunge über seine Eichel. Ich beginne behutsam an ihm zu saugen und nehme seine Härte bald ganz in meinen Mund. Ich höre ihn stöhnen und keuchen. Seine Finger krallen sich fast schon schmerzhaft in meine Haare. Ich spüre seinen Körper förmlich aufglühen, als er kommt. Ich blicke zu ihm hinauf. Sein Atem rast. Er liegt auf der Decke. Nackt, keuchend, verschwitzt und

befriedigt. Ich schlucke, als er mich ansieht. Mir wird wieder bewusst wie wenig Erfahrung er mit Männern hat. Das hat er zwar nur einmal gesagt, aber bei dem was ich über seine Vergangenheit weiß, ist mir klar was das heißt. Eigentlich hatte ich heute vor noch weiter zu gehen, aber wenn ich ihn jetzt so betrachte, verwerfe ich den Gedanken auch schon wieder. Er ist der erste bei dem ich wirklich warten kann, bis ich sicher bin, dass er soweit ist.
„Was ist mit dir?", fragt er flüsternd, als er sich etwas beruhigt hat.
Ich lache, auch wenn es noch dunkler klingt, als sonst, da ich immer noch erregt bin. Ich muss verrückt sein ihn jetzt in Ruhe zu lassen.
„Alles gut.", sage ich schließlich und lege mich auf den Rücken.
„Sicher?"
„Ja, Mike. Sicher.", nicke ich und drehe mich auf die Seite. Ich bin erstaunt wie sehr mein Körper mir im Augenblick gehorcht. Ich strecke die Hand aus und streiche über seine Gesichtszüge.
„Und morgen sollte ich wohl zu arbeiten anfangen.", murmelt Mike plötzlich.
„Ich hoffe nicht.", schmunzele ich und er sieht mich aus großen roten Augen an. So unglaublich niedlich. „Ich hoffe, dass du mich begleiten wirst."
„Begleiten, Lionel?", fragt er erstaunt.
„Ich muss dringend raus. Keine kleine Tour. Ich brauche Abstand."
„Wohin willst du?"
„Amerika. Route 66.", eröffne ich. „Und ich möchte, dass du mit mir kommst."
„Ich?", erklingt als könne er es nicht glauben.
„Ja, du.", lache ich. „Das würde ich mit niemandem sonst machen."

„Na ja, ich schätze mal, wenn an deiner Maschine was kaputt geht, wirst du jemanden brauchen, der das repariert, stimmts?", grinst er und schmiegt sich von der Seite an mich.
Ich ziehe ihn lachend an mich und erwidere: „Dann sind wir wohl einer Meinung."

Drachen leben mit Musik

1. Tyler – Das Geheimnis

„Bitte! Bitte! Bitte!", bettelt Grace mich förmlich an. Ihre großen blauen Augen sehen von unten zu mir herauf. „Ich sterbe, wenn ich dort nicht hinkomme."
„Du übertreibst.", grinse ich meine kleine Schwester an.
In dieser Situation wirkt sie nicht wie ein 15jähriges Mädchen, sondern fast wie ein kleines Kind und das nur, weil sie das unbedingt will. Es war die Bedingung unserer Eltern. Sie darf nur zu diesem Konzert, wenn ich sie begleite.
„Nein!", ruft Grace nun mit Bettelblick.
„Hör auf mich zu nerven und lass mich mal drüber nachdenken.", sage ich zu ihr.
„Tyler!", ihr Ruf klingt schrill. „Das ist vielleicht die einzige Gelegenheit ihn Live zu erleben. Bitte."
Natürlich hat sie recht. Vor fünf Jahren haben die Drachen sich an die Öffentlichkeit gewagt. Seit drei Jahren hat sich unsere Stadt komplett verändert. Eine Stadt, die vollkommen zweigeteilt ist. Drachen und Menschen leben getrennt. Jede Art in ihrer Stadthälfte. Nur einmal im Monat darf die eine Art in die Stadthälfte der anderen Art. Dieser Tag ist morgen und genau da findet das Konzert statt, auf das Grace unbedingt gehen will. Auf Drachengebiet. Natürlich, denn der Sänger ist ja auch ein Drache. Meine Gedanken schweifen zurück an die Zeit vor der Teilung. Ich erinnere mich an Brände, an die Angst, an das Hin- und Herschieben der Schuld, daran, dass niemand wusste wer wirklich was getan hatte. Die Teilung war die Konsequenz daraus, die von vielen anderen Orten, den Menschen und Drachen dort, skeptisch belächelt worden ist. Für uns allerdings ist es wohl die Lösung gewesen. Die Situation hat sich mit der Teilung beruhigt. Inzwischen ist die

Angst abgeklungen, aber bei einigen immer noch im Hinterkopf präsent. Ich kann mir ein weiteres Grinsen nicht verkneifen, als ich sage: „Wenn du umziehst, kannst du es dir woanders ansehen."
Grace sieht mich entsetzt an und fragt dann: „Ich soll noch drei Jahre warten? Das überlebe ich nicht."
„Du hast eine größere Chance, dass ich mitkomme, wenn du mich etwas in Ruhe lässt.", necke ich sie weiter.
„Es ist schon morgen.", sie klingt weinerlich.
„Lass mir eine Stunde Zeit, okay?", schlage ich ihr nun vor. Grace nickt widerstrebend. Ich schaffe es endlich in mein Zimmer zu gelangen. Im nächsten Moment kann ich die Klänge eines Liedes aus ihrem Zimmer direkt neben meinen hören. Seufzend lasse ich mich auf mein Bett fallen und höre mit einem Lächeln auf den Lippen zu. Das darf bloß nie jemand mitbekommen. Meine Freunde würden einen riesigen Lachflash bekommen, wenn sie wüssten, dass mir diese Musik gefällt und der Sänger noch viel mehr. Mein Herz schlägt heftiger in meiner Brust, als ich ihn vor mir sehe. Im Grunde brauche ich keine Bedenkzeit. Ich will auch zu diesem Konzert. Mehr als alles andere. Das würde ich aber niemals vor irgendjemandem, außer mir selbst, zugeben. Es weiß ja noch nicht einmal irgendwer, dass ich auf Männer stehe. Ich habe es zwei Mal mit Mädchen versucht, aber das war ein richtiges Desaster. Nach der zweiten Trennung habe ich mir viele Gedanken um mich selbst gemacht und um das was ich will. Als ich festgestellt habe, dass ich eventuell auf Männer stehen könnte, bin ich mal in einen entsprechenden Club. Ich muss bei der Erinnerung lächeln. Seit dieser Nacht bin ich mir sicher, auch wenn ich das noch niemandem gesagt habe. Das Bild von feuerroten Augen hinter meinen geschlossenen Lidern vertreibt die Erinnerung. Vor einem halben Jahr habe ich mich von Grace dazu breitschlagen lassen, im Fernsehen eine Übertragung eines Konzertes zu sehen und da habe ich ihn zum

ersten Mal gesehen. Ich war sofort fasziniert. Ich habe noch nie vorher einen so attraktiven Mann gesehen. Nur ist dieser Mann, eben auch ein Drache. Es hat mich gewundert, dass mich selbst die roten Augen nicht abgeschreckt haben. Und seine Stimme ist einfach nur der Wahnsinn. Nicht nur beim Singen, sondern auch bei dem Interview hinterher. Das hatte Grace sich auch unbedingt angucken wollen. Mich hat es in einen Käfig gesperrt, wenn man es bildlich betrachten will. In einen aus dem man nicht hinaussehen kann, allerdings. Immer noch bildlich gesprochen. Übersetzt gesagt: Seit diesem Tag habe ich kein Auge mehr für irgendwelche anderen Typen. Ich kriege diesen Drachen einfach nicht aus meinem Kopf heraus.
„Und?", fragt Grace und streckt ihren Kopf zur Tür herein. Ich erhasche einen Blick auf meinen Wecker und bin verblüfft, dass bereits eine Stunde vergangen ist und das nur weil ich mit meinen Gedanken wieder bei ihm gewesen bin. Adrian! Ich kann ein Seufzen nur gerade so unterdrücken und drehe mich auf die Seite.
„In Ordnung. Ich spiele für euch die Aufsichts- und Begleitperson.", erkläre ich nun mit einem Grinsen, verdrehe dabei aber gespielt genervt die Augen.
Grace gibt ein lautes, freudiges Quietschen von sich und beginnt im Zimmer auf und ab zu springen. Wohl gemerkt in MEINEM Zimmer. Und dann auf MEINEM Bett. Als wäre es ein Trampolin. Ich schüttele den Kopf und greife ruckartig nach ihrem Arm. Sie strauchelt und fällt lachend in meine Arme.
„Danke, Tyler.", damit drückt sie mir einen Kuss auf die Wange.
Schmunzelnd schiebe ich sie von mir und aus meinem Zimmer hinaus. Amüsiert gebe ich ihr einen Klaps auf den Hintern.
„Schwirr ab und sag deine Freundinnen Bescheid.", fordere ich sie auf.
Freudig summend verschwindet sie in ihrem Zimmer und dreht

die Musik leiser. Vermutlich um zu telefonieren. Ich gehe in mein Zimmer zurück, schließe die Tür und lehne mich seufzend dagegen. Warum verdammt nur tue ich mir das an? Tja, jetzt ist es zu spät. Ich habe Grace schließlich schon zugesagt. Ich wette innerhalb der nächsten 10 Minuten wissen auch unsere Eltern Bescheid. Da gewinne ich bestimmt. Ich kenne doch meine kleine Schwester.

„Du gehst also ernsthaft ins Drachengebiet zu einem Konzert von diesem Adrian?", fragt Dominic mich und kann sich das schadenfrohe Grinsen nicht verkneifen.
Auch mein bester Freund kennt mein Geheimnis nicht. DAS würde er nie verstehen und sich wohl noch über mich lustig machen. So wie er es immer bei all diesen Mädchen tut, die sich so übertrieben für Adrian interessieren. Wenn ich ganz ehrlich bin, ist Adrians Musik nicht unbedingt mein Fall, aber ich liebe seine Stimme. Dafür höre ich selbst so etwas.
„Ich habe eben ein zu großes Bruderherz.", zucke ich lediglich mit den Schultern.
Manchmal wundere ich mich über mich selbst, dass ich so ruhig bleiben kann, obwohl mein Herz so heftig pocht, dass ich das Blut in meinen Ohren rauschen hören kann. Ich springe von der Mauer herunter, als Grace mit ihren beiden Freundinnen Dina und Christine auf uns zu kommt. Alle drei sind aufgebrezelt bis zum geht nicht mehr. Keine von ihnen sieht in Minirock oder Kleid, mit dem starken Make-Up aus wie die 15 Jahre, die sie alle drei sind. Oder ist Dina inzwischen schon 16 Jahre alt? Ich bin nicht sicher.
„Viel Spaß.", grinst Dominic mich an und ich kann wieder die Schadenfreude in seinen Zügen sehen.
Ich verdrehe in seine Richtung die Augen, während die Mädchen bereits am Auto sind.
„Tyler.", drängelt Grace nun.
Ich drücke den Knopf am Autoschlüssel und fast hektisch

steigen die drei ein. Ich stoße ein abgrundtiefes Seufzen aus und höre Dominic lachen. Er hatte keine Ahnung welchen Grund mein Seufzen tatsächlich hat. Ich laufe gerade direkt auf einen Abgrund zu und bin mir dessen auch deutlich bewusst. Es ist zu spät zum Umkehren. Ich steige in den Wagen und fahre kurz danach los. Meine Hände verkrampfen sich fest um das Lenkrad und ich muss mich stark konzentrieren, um das Auto auf der Spur zu halten.

Obwohl wir auf Drachengebiet sind, sind hier erstaunlich viele Menschen anwesend. Hauptsächlich Mädchen und junge Frauen. Na ja, wenn sie so denken wie Grace sollte es mich nicht wundern. Für viele ist es wohl wirklich die einzige Chance Adrian mal Live zu erleben. Ich vergrabe meine Hände in den Taschen meiner Jeans, um mein Zittern zu verbergen. Ich steche ja so schon stark genug aus allem heraus. Ich bin mit T-Shirt und Jeans wohl der einzige, der hier nicht komplett aufgebrezelt ist. Wäre definitiv auffällig, wenn ich mich für dieses Konzert herausgeputzt hätte, obwohl die Versuchung groß war es zu tun. Nur der Gedanke, dass ich Adrian ohnehin nicht persönlich treffen oder von ihm gesehen werden könnte, hat mich davon abgehalten. Ich bin vollkommen verloren. Der Gedanke jagt mir einen Schauer über den Rücken. Lautes Kreischen lässt plötzlich meine Ohren klingeln. Ich drehe den Kopf. Auch Grace und ihre Freundinnen sind losgestürmt. Fotos und Stifte in den Händen. Adrian ist aufgetaucht und bewegt sich, teilweise von seinen Fans aufgehalten, auf das Gebäude zu, in dem er gleich auftreten wird. Ich bin schon zufrieden, dass ich nicht das Verlangen habe es den kreischenden Mädchen nachzutun, obwohl ich auch gerne zu Adrian gegangen wäre. Allerdings nicht wegen Autogramm oder Musik, sondern eher um einfach mit ihm zu reden, in seiner Nähe zu sein. Mein Herz klopft schneller. Ich sollte über solche Dinge nicht nachdenken. Das macht es nur noch

schlimmer. Vorsichtig beobachte ich das Geschehen. Mein Magen rumort, während ich zu Adrian sehe und mein Herz schlägt wie irre in meiner Brust. Dann kann ich ihn erst einmal nicht mehr sehen, aber mein Körper beruhigt sich nur langsam. Die Mädchen kommen zu mir zurück. Grace schwingt freudestrahlend ein Foto von Adrian mit Autogramm. Ich muss lächeln.
„Gehen wir rein.", fordere ich die drei auf.
Das tun wir dann auch. Mein Herz klopft aufgeregt. Warum habe ich mich nur darauf eingelassen?

„Wonach suchst du eigentlich die ganze Zeit, Grace?", höre ich Dina vom Rücksitz fragen, als wir gerade in die Straße einbiegen, in der sie wohnt.
„Mein Handy ist weg.", teilt Grace uns mit und klingt richtig verzweifelt. „Ich habe da so viele Fotos von heute drauf."
Ich habe das Gefühl, dass sie gleich in Tränen ausbricht, als ich gerade vor dem Haus von Dinas Familie stoppe.
„Wo hast du das Handy zuletzt gesehen?", frage ich.
Grace schließt ihre Augen und überlegt etwas. Schließlich sagt sie: „Als ich als letztes Getränke geholt habe. Ich habe es auf den Tresen gelegt und ..." Ihre Augen weiten sich. „... Da fing mein Lieblingslied an. Ich hab es liegen lassen."
Ich werfe einen Blick auf die Uhr und seufze.
„Können Grace und Christine bei dir bleiben, Dina?", wende ich mich an die beste Freundin meiner Schwester.
„Meine Eltern haben bestimmt nichts dagegen.", meint Dina.
„Dann bleibt ihr beide hier. Es ist noch eine Stunde bis Mitternacht. Ich sehe zu, dass ich das Handy hole.", teile ich den Mädchen mit.
Grace fällt mir von hinten quasi um den Hals, so dass ich kaum Luft bekomme. Ich lache und löse ihre Arme. Die drei steigen aus. Sie winken mir noch zu, als ich davon fahre. Jetzt muss ich mich echt beeilen.

Verdammt! Ich könnte die alte Klapperkiste, die sich Auto schimpft, gerade echt verschrotten. Das darf doch nicht wahr sein. Ich schlage frustriert gegen das Lenkrad. Ausgerechnet jetzt. Ich habe Grace' Handy schnell gefunden, aber das hilft mir gerade nicht. Dieses Schrottauto will einfach nicht anspringen. Wütend steige ich aus und knalle die Tür zu, dass es nur so durch die Nacht hallt. Ich werfe einen Blick auf meine Uhr. Noch eine halbe Stunde. Und das ohne Auto. Wie soll ich das denn schaffen? Ich renne los. Irgendwie muss es gehen.

2. Adrian – Nach dem Auftritt

Drei Zugaben, das reicht auch. Ich winke und lächele, während ich die Bühne verlasse. Ich beeile mich in meine Garderobe zu kommen. Dort lasse ich mich einfach in einen Sessel fallen. Warum tue ich mir das eigentlich an? Ach ja, Lydia und ... Ich beiße mir auf die Unterlippe. Ich will das nicht denken. Ich will nicht an SIE denken. Genau deshalb bin ich hier. Wenn ich singe, wenn ich die viele Stimmen höre, dann kann ich für kurze Zeit denken, dass SIE noch da ist. Ich schüttele den Kopf und knurre unwillig. Die Moment in denen ich singe, sind beinahe die einzigen, in denen ich es schaffe aufrichtig zu lächeln.
„Papa!", erklingt es aus dem Schatten eines Vorhangs am Fenster.
„Lydia.", erwidere ich mit einen schmalen Lächeln. „Was gibt's, Tochter?"
Ihre roten Augen blicken mich mit einer dunklen Flamme darin an. Sie ist besorgt. Das ist sie meistens. Nach all den Jahrhunderten hat sie immer noch die Befürchtung, dass ich irgendwann einfach umkippe und sterbe.

„Ich wollte nach dir sehen.", murmelt Lydia und mustert mich von oben bis unten. „Wenn man dich so sieht, kann man nicht glauben, dass du ein gefeierter Popstar bist."
Ich schüttele den Kopf. Als würde ich das für Ehre und Ruhm tun. Ich mache es nur, um mich für eine Weile von der Realität zu entfernen.
„Ich verschwinde erst Mal.", teile ich meiner Tochter mit.
„Papa!", sie klingt quengelig. „Bitte!"
„Tut mir leid, aber ich kann nicht anders.", presse ich hervor und ihr Seufzen bohrt sich wie ein scharfes Schwert in meine Brust. „Bitte. Ich muss das einfach tun."
„Du musst vieles einfach tun.", begehrt Lydia knurrend auf und beginnt im Raum hin und her zu laufen.
„Ja.", ist alles was ich dazu zu sagen habe.
Meine Tochter knurrt wieder und faucht dann: „Du solltest endlich wieder leben, Papa und Leben besteht nicht nur daraus Aufzutreten, zu fliegen und alte Bilder anzustarren."
Ich seufze. Zu anderen Zeiten hätte mich ihr Aufbegehren zum Knurren gebracht, aber das war in einem gefühlt anderen Leben.
„Das sagst du immer wieder, Tochter.", erwidere ich nur und erhebe mich wieder. „Ich gehe jetzt fliegen."
Lydia knurrt, sagt aber kein Wort mehr. Ich wünschte ich könnte ihr den Gefallen tun, aber ich kann es einfach nicht. Ich fühle mich nicht danach und ich würde ohnehin nur allen anderen den Spaß verderben. Ich gehe auf die geheime Tür zu, die mich nach unten in einen Tunnel führen wird, durch den ich den ganzen Fans entgehen kann. Zum Glück kennt mich keiner von ihnen in meiner Drachengestalt. Das Wort Glück fühlt sich bitter an, selbst in meinen Gedanken. Ich dränge diese Überlegungen bis in den hintersten Winkel meines Geistes zurück, wohl wissend, dass sie sich bei nächster Gelegenheit wieder bemerkbar machen werden.

Seufzend streife ich mir das Hemd über den Kopf, ohne mir die Mühe zu machen die Knöpfe zu öffnen. Alles in mir glüht und schreit nach der Freiheit des Himmels. Dieses Gefühl ist ein Drängen, dem ich mich kaum entziehen kann. Bevor das alles geschehen ist, kannte ich es nur in die andere Richtung. Meine restliche Kleidung landet neben meinem Hemd auf dem Boden. Dann gebe ich dem Instinkt in meinem Inneren nach. Für einen Moment fühlt es gut an diesem Drängen nachzugeben. Frei! In der nächsten Sekunde bin ich zurück in der Wirklichkeit und spüre es wieder. Das Brennen in mir. Anders als das Drachenfeuer. Ich knurre und spreize meine Flügel. Wind streicht um die Kanten meiner Flügel. Ich konzentriere mich darauf. Die Sekunden verrinnen in diesem Gefühl. Das Drehen meiner Flügelkanten ist alles an Bewegung, das ich gerade aufbringen kann und will. Erst ein heftigerer Windstoß bringt mich zum Vorwärtsspringen. Dem Luftstrom entgegen. Der Wind reißt an meinen Flügeln. Für einen Sekundenbruchteil bleibt mir die Luft weg. Als ich wieder Luft in meine Lungen kriege, bin ich schon hoch in der Luft, zwischen den Wolken. DAS hasse ich mehr als alles andere. Ich spüre jedes Mal nur den Wind, seine Kraft. Nicht einmal meine Flügelschläge. Ich habe es geliebt jeden Flügelschlag zu spüren, meine Kraft in meinen Muskeln wahrzunehmen, wenn ich gegen die Schwerkraft ankämpfte. Besonders aber, wenn SIE neben mir war, wenn ich IHRE Flügelschläge hören konnte, wenn ich gehört habe wie IHRE Krallen beim Start durchs Gestein kratzten. Ich stoße ein Brüllen aus, versuche die Stimmen in mir zu ersticken, zu übertönen. Es hilft nicht wirklich. Ich drehe meine Runden, bewege mich im Kreis. Versuche nicht zu viel zu denken.

Ein Schatten ist in meiner Nähe. Ich rolle mich seitlich durch die Luft. Ist das ein Knurren? Kenne ich es? Es kommt mir so bekannt vor. Der Wind streicht über meine Flügel. Ich bringe mich näher heran. Kann das sein? Ich kann sie förmlich im Luftzug riechen. Der Wind wird reißend. Die Wolken um mich herum zerreißen. Die Wirklichkeit holt mich ein. SIE ist nicht da. Seit tausend Jahren nicht. Das Brennen kehrt mit aller Macht zurück. Plötzlich falle ich. Der Wind rauscht in meinen Ohren. Ich keuche, schrecke auf. Mein Flügelschlag ist hektisch. Ich gewinne wieder an Höhe. *Lydia!* Ich kann sie nicht alleine lassen. Meine Tochter! IHRE Tochter! Ablenken, irgendwie ablenken! Er fing an zu summen. Eine Melodie, über tausend Jahre alt. Eine Erinnerung!

Schwer atmend lande ich auf dem Dach. Ich habe es wieder getan. Fliegen bis ich kaum noch atmen kann. Doch nie bringe ich es zu Ende. Nie fliege ich bis ich einfach vor Erschöpfung und Atemnot vom Himmel stürze. Ich kann es einfach nicht. Ich halte mich immer wieder selbst auf. Mein Blick schweift umher. Wie jedes Mal, wenn ich mich ausruhe und nach etwas suche, das mich locken würde. Doch was sollte es da schon geben. Es hat in tausend Jahren nichts gegeben. Ich weiß selbst nicht warum ich das jedes Mal wieder tue. Plötzlich jedoch schreckt mich eine Bewegung auf. Da ist eine Person auf der Straße. Ich wundere mich über mich selbst. Das interessiert mich ja sonst nicht. Trotzdem lehne ich mich nach vorne und beobachte die Gestalt. Irgendetwas ist anders. Ich spreize die Flügel und lasse mich von der Dachkante in eine kleine Gasse hinab gleiten. Eng drücke ich die Flügel an meine Seiten und schleiche vorwärts darauf bedacht, dass meine Krallen auf dem steinernen Untergrund keine Geräusche verursachen. Warum tue ich das? Es könnte mir doch eigentlich egal sein. Dennoch schleiche ich mich so leise wie ich kann näher heran. Ich kann die Schritte hören, bevor ich etwas sehe. Schließlich schiebe ich meinen Kopf behutsam um die Häuserecke. Wieso verstecke ich mich eigentlich? Dann rieche ich es. Das ist, als hätte ich es gespürt, bevor es einen einzigen Beweis dafür gibt.

Es riecht nach Mensch. Eindeutig. Den Geruch würde ich überall erkennen. Es gab eine Zeit, in der bin ich sofort abgehauen, wenn ich diesen Geruch in die Nase bekommen habe. In diesem Fall ist aber etwas anders als sonst. Das liegt nicht im Mensch sein. Irgendwie ist es der Eigengeruch des Menschen. Sobald ich es rieche, zieht es mich dorthin. Das kenne ich gar nicht. Weder von mir, noch von irgendwem sonst. Mein Blick streift nun den Körper eines jungen Mannes. Ich mustere ihn, soweit das möglich ist, da ich ihn nur von hinten sehen kann. Breite Schulter, schmale Hüften, wenn ich das richtig einschätze ist dieser Mensch ziemlich durchtrainiert. Er hatte dunkelblonde Haare, an den Seiten ziemlich kurz, nur auf dem Kopf etwas länger. Ich zucke zusammen, als die Rathausuhr zu schlagen beginnt. Ich drehe kurz den Kopf und lasse ihn zu dem Mensch zurück zucken. Das schafft er niemals. Selbst im Flug wäre es schwer. Meine Flügel zucken. Ich zögere. Warum überhaupt? Dieser junge Mann steckt augenscheinlich in Schwierigkeiten. Der Gedanken löst meine Starre. Ich mache einen Satz vorwärts, hinüber auf die größere Straße. Meine Flügel strecken sich. Ich hebe mit einem Ruck vom Boden ab. Ich schieße über der Straße dahin. Das sollte ich nicht tun. Das dürfte ich nicht tun. So niedrig fliegen. In diesem Fall muss ich. Ich kann den Menschen das nicht durchmachen lassen. Ich kann einfach nicht. Er schreit auf, als ich einfach nach ihm greife, ihn mit mir reiße.
„Es ist noch nicht Mitternacht.", ruft er unwillkürlich.
Na das ist dann wohl ein Missverständnis, doch darum kann ich mich jetzt nicht kümmern. Ich steuere die Absperrung an, die unsere Stadt teilt. Die Klänge der Rathausuhr hallen in meinen Ohren wieder.

Mit einem Ruck bremse ich ab. Verdammt! Ich weiß, dass die Tor geschlossen sind, auch ohne sie zu sehen. Selbst mit meinen Flügel ging es nicht schnell genug. Wenn ich ihnen jetzt zur Absperrung bringe, kriegt er verdammt viel Ärger. Das muss er nicht durchmachen. Ich werde eine andere Lösung finden. Ich höre den Menschen erneut schreien, als ich abdrehe und meine Villa ansteuere. Eine Villa perfekt für Drachen. Ein flaches Dach, geeignet zum landen. Nach oben gezogene Dachkanten, um sich zurück zu verwandeln, ohne von jedem gesehen zu werden. Ein ganz leichter Zugang vom Dach ins Haus. Die Türen im Inneren groß genug, um auch verwandelt hindurch zu passen. Ich setze den Menschen so sanft es geht auf dem Dach ab, drehe eine weitere Runde und lande vor ihm. Ich schüttele meine Flügel aus. Es ist gar nicht so einfach einen ausgewachsenen Mann in den Klauen zu tragen, besonders wenn man ihn nicht verletzten will. Plötzlich treffen sich unsere Blicke, nachdem er ein paar Schritte zurück getreten ist. Mein Herz zieht sich in altem Schmerz zusammen, als ich seine silbergrauen Augen sehen. Sie erinnern mich an etwas, das so lange her und mir doch so nah ist. Ich sehe wieder das Bild vor mir. Der Berghang und ein Drache mit silbergrauen Schuppen, der sich an den Hängen gut tarnen konnte, besonders im Sternenlicht. Ich sehe sie in diesem Augenblick so deutlich vor mir, wie sonst nur, wenn ich Bilder von ihr ansehe. Julia. Meine Julia. Ich bin für einige Sekunden wie erstarrt. Erst nachdem ich meine Starre überwunden habe, sehe ich die Verwirrung in seinem Blick. Natürlich muss er komplett durcheinander sein. Ich habe ihn mir einfach geschnappt, ohne dass er eine Ahnung hat, was ich mit ihm vorhabe. Ich weiß ja noch nicht einmal selbst, was ich jetzt tun soll und warum ich ihn mitgenommen habe. Ich hebe den Kopf und konzentriere mich darauf ihm meine Gedanken zu übermitteln: *Geh durch die Luke hinter dir, Mensch. Beeil dich, bevor dich jemand sieht. Du dürftest eigentlich gar nicht hier sein.*

3. Tyler – Adrians Familie

Ich verstehe überhaupt nicht was hier los ist. Nachdem ich den ersten Schreck überwunden habe, dachte ich, dass er zu den Wachen gehört und mich zu einem der Posten bringen würde. Stattdessen stehe ich jetzt auf dem Dach einer Villa, vor einem Drachen und begreife nicht was hier vor sich geht. Ich höre mit einem Mal seine Stimme in meinem Kopf und bin fast sofort atemlos. DAS kann doch nicht sein. Das ist Adrians Stimme. Ich würde sie immer erkennen. Überall. Selbst, wenn sie nur in meinem Kopf widerhallt. Ich wusste ja, dass er ein Drache ist, aber ihn so zu sehen, mit rotbraunen Schuppen, so viel größer als sonst. Stark genug, um mein Gewicht zu tragen. Ich stolpere rückwärts und falle beinahe über den Griff, der Luke, die er meint. Ich starre ihn weiter an. Ich bin einfach nur durch den Wind davon, dass ich ihn jetzt so sehen kann. Seine roten Augen durchbohren mich. Mein Herzschlag gerät aus dem Takt. Das sind immer noch dieselben Augen. Ich nehme die Schuppen, Nüstern, Hörner, Flügel und Krallen kaum war. Ich erschrecke erst, als er die Zähne bleckt und mich anknurrt.
Mach schon., wieder ist seine Stimme in meinem Kopf.
Sie klingt jetzt dunkler, knurrend und gefährlich. Ich fahre herum und ziehe die Luke auf. Eilig steige ich die Stufen hinab, die in diese mächtige Villa führen. Dieses Gebäude sollte mich nicht wundern. Adrian ist so populär und berühmt, dass er sicher unglaublich viel Geld damit verdient hat und ein Drache kann in seinem langen Leben einiges an Reichtümern erlangen. Erst bei diesem Gedanken wird mir bewusst, dass ich keine Ahnung habe wie alt Adrian eigentlich ist. Er könnte an die zweitausend Jahre alt sein, ohne dass er anders aussehen würde, als jetzt. Vielleicht ist das sogar der Fall. Ich muss schlucken. Wie soll ein Mensch, ein Student, ich, da überhaupt mithalten? Ich bin froh, als ich eine weibliche Stimme höre, die mich aus meinen Gedanken holt: „Du bist schon zurück. Das

war ein ziemlich kurzer Flug. Wir sollten ..." Eine Frau erscheint in meinem Blickfeld und offenbar hat sie mich jetzt auch bemerkt. „Du bist wer?", ihre Stimme klingt fast schrill. Sie hat natürlich sofort gemerkt, dass ich ein Mensch bin und sie weiß, dass es Schwierigkeiten bedeuten wird, wenn ich hier bin. „Vater!"
Ich bin immer noch zu verblüfft, um wirklich zu reagieren. Ich bringe einfach kein Wort heraus, stattdessen mustere ich die Frau mir gegenüber. Blonde locken umrahmen ihr schönes Gesicht und rote Augen lodern wie strahlende Flammen. Einzig diese Augen an ihr bringe ich auch mit Adrian in Verbindung. Irgendetwas haben sie gemeinsam. Diese Drachenfrau trägt ein Kleid, dass ich einfach nur als Renaissanceartig bezeichnen. Solche Kleider habe ich bisher nur auf Bildern aus jener Zeit gesehen. Wenn man Geschichte studiert, erkennt man auch solche Dinge. Ich höre hinter mir Schritte und beeile mich zum Fuß der Treppe zu gelangen. Als ich mich dort, neben dieser Frau, herumdrehe, bin ich nicht nur sprachlos, sondern auch absolut atemlos. Adrian hat sich nach der Rückverwandlung nur eine kurze Hose angezogen, wo auch immer er sie her hat. So kann ich seine muskulöse Brust sehen. Der Anblick bringt meinen Puls zum flattern. Er sieht mit nacktem Oberkörper noch viel besser aus, als ich gedacht hätte. Die Tatsache, dass das Licht im Flur, goldene Reflexe in sein unglaubliches braunes Haare wirft, macht es mir nicht einfacher. Ich bin nur froh, dass Adrian sich im Augenblick auf die Frau konzentriert. Es ist schwer genug. Er muss es nicht auch noch wissen.
„Ja, Lydia?", höre ich meinen heimlichen Schwarm melodisch sagen.
Alles in mir rumort.
„Warum verdammt bringst du einen Menschen hierher?", fragt sie, Lydia.
„Ich musste es tun.", ist alles was Adrian sagt und irgendwie habe ich das Gefühl, dass er selbst nicht genau weiß, warum er

es getan hat.
Zwei rote Blicke treffen aufeinander. Es scheint wie ein stummer Kampf zwischen Vater und Tochter zu sein. Wenn ich es nicht besser wüsste, würde ich meinen, dass sie Gedanken austauschen. Ich weiß aber, dass Drachen das nur in Drachengestalt können.
„Und nun, Vater?", will Lydia wissen und in ihrer Stimme schwingt ein gefährliches Knurren mit.
„Ich werde mir etwas überlegen, um ihn zurück nachhause zu bringen. Sorge bitte dafür, dass er gut untergebracht ist.", stößt Adrian aus und ich habe den Eindruck die Worte kommen nur schwer über seine Lippen.
Lydias Augen ziehen sich schmal zusammen. Sie mustert ihren Vater und ihr Blick flackert plötzlich, ehe sie den Kopf senkt: „Natürlich, Vater." Ihre Augen sehen zu mir, bevor sie näher zu mir tritt. „Komm mit." Ich schaffe es nur gerade so ihrem Blick nicht auszuweichen, als sie direkt in meine Augen sieht. „Wie heißt du?"
„Tyler.", schaffe ich es endlich etwas zu sagen und könnte fluchen, weil meine Stimme so rau klingt.
Lydia scheint sich jedoch nicht zu wundern. Sie bedeutet mir stattdessen ihr zu folgen. Ich muss meine Füße förmlich zwingen sich zu bewegen, denn am liebsten würde ich Adrian hinterher gehen, der sich in die andere Richtung auf den Weg gemacht hat.

Das Gästezimmer ist ohne irgendwelchen Schmuck oder Besonderheiten gestaltet. Schrank, Bett, Tisch und Stuhl aus hellem Holz. Ein kleines Fenster. Weiße Wände. Heller Holzboden. Mehr nicht. Ich setze mich auf die Bettkante. Lydia lehnt am Türrahmen.
„Ich bin froh, dass du hier bist.", sagt sie dann unerwartet und ich kann nicht mehr als sie sprachlos anzustarren. „Du könntest meinem Vater sehr gut tun." Sie lächelt ein wenig, fast nur ein

Zucken um ihre Mundwinkel. Dann wechselt sie abrupt das Thema. „Du kannst dich hier im Haus bewegen, aber halte dich vom Erdgeschoss fern. Wir dürfen nicht riskieren, dass Drachen, die uns nicht sehr nahe stehen, dich entdecken."
Ich kann nur nicken, denn in meinem Kopf hallt immer wieder dieser eine Satz nach: „Du könntest meinem Vater sehr gut tun." Es ist lächerlich und bohrt sich wie ein Pfeil in mein Herz, aber es schürt eine Hoffnung in mir, die ich nicht haben sollte.

Drei Tage bin ich schon in Adrians Villa und ich habe ihn kein einziges Mal gesehen. Die einzigen, die ich in diesen Tagen getroffen habe sind Lydia und ihr Gefährte Marcus. Die beiden sind sehr freundlich und inzwischen habe ich mich auch an rote und orange Augen gewöhnt. Ich esse mit den beiden und wir reden dabei auch. Inzwischen weiß ich, dass Adrian um die 1500 Jahre alt ist und dass Lydia und Marcus bereits seit annähernd 500 Jahren ein Paar sind. Nur über Lydias Mutter will offenbar keiner von ihnen reden. Nachdem ich es drei oder vier Mal angesprochen habe, habe ich aufgegeben danach zu fragen. Am ersten Tag habe ich mit meiner Familie telefoniert. Allerdings habe ich ihnen nicht meine Situation erklärt, sondern nur gesagt, dass ich vorerst nicht zurückkommen kann. Würden sie es wissen, würde es auch sie in Gefahr bringen. Um nicht über solche Dinge nachzudenken, beschäftige ich mich anders. Manchmal sehe ich mich in der Villa um, aber meistens bin ich tatsächlich in der Bibliothek, die ich am ersten Tag entdeckt habe. Das ist eine Wahnsinns Fundgrube. Die meisten Bücher dort sind tatsächlich von Drachen geschrieben. Ich finde es wirklich unglaublich interessant darin zu lesen, denn diese Beschreibungen wurden oft von Drachen geschrieben, die diese Ereignisse selbst erlebt haben. Das ist aber noch nicht alles. Ich bin ziemlich überrascht, dass ich hier dazu komme etwas über Drachen zu lesen. Ich erinnere mich

nur zu gut daran, dass die Drachen es normalerweise ablehnen uns Menschen mehr über sich zu verraten. Das haben sie ja schon gesagt, als sie an die Öffentlichkeit getreten sind. An diesem Tag jedoch sehe ich mich mal wieder etwas um. Wenn ich ganz ehrlich zu mir selbst bin, dann hoffe ich dabei auch mal Adrian über den Weg zu laufen, obwohl das für mich sicher keine gute Entscheidung ist. Ich bleibe wie angewurzelt auf der Treppe nach oben stehen. Hier war ich noch nicht und deshalb habe ich auch das Gemälde noch nie gesehen, dass hier an der Wand hängt. Es ist das Bild einer wunderschönen Drachenfrau. Mir fällt die unglaubliche Ähnlichkeit dieses Gemäldes zu Lydia auf. Die Frau, die ich hier abgebildet sehe, hat jedoch eine hellere Haut und ihre Augen sind von einem tiefen, dunklen Gelb. Die Kleidung auf dem Bild stammt eindeutig aus römischer Zeit, obwohl ich sicher bin, dass das Gemälde später entstanden ist. Im Hintergrund sehe ich die Andeutung von Säulen, wie sie im alten Rom zu sehen waren. Allerdings ist letzteres nur eine verschwommene Nachbildung. Ich kann nicht aufhören dieses Bild anzusehen. Irgendwie wirkt es so unglaublich lebendig.
„Das ist Julia.", höre ich eine bekannte Stimme und spüre wie mich eine Gänsehaut überrollt, Adrian.
„Julia?", frage ich leise und vorsichtig.
Ich habe tatsächlich Angst irgendetwas falsch zu machen und mir damit die Möglichkeit zu nehmen länger mit ihm zu reden.

4. Adrian – Traum und Vergangenheit

„Lydias Mutter.", flüstere ich und spüre einen schmerzlichen Stich in meiner Brust, wie jedes Mal, wenn ich an sie denke.
„Sie ist eine sehr schöne Frau.", höre ich Tyler flüstern.
Ich frage mich was mit diesem Menschen los ist. Er spricht seine gesamten Worte in diesem leisen Ton. Das irritiert mich.

Was mich noch mehr verwirrt ist aber, dass ich tatsächlich wissen möchte warum er so ist.
„Das war sie.", sage ich tonlos, den Sturm an Gefühlen in meinem Inneren unterdrückend.
Tyler sieht mich an und der Blick aus seinen silbergrauen Augen trifft mich mit voller Härte. Ich muss sofort an Julias Schuppen denken. Dieselbe Farbe!
„Sei glücklich.", höre ich ihre Stimme fast wieder flüstern. Sie hat es zu mir gesagt, kurz bevor das alles passiert ist.
„Was ist mit ihr geschehen?", fragt Tyler mich immer noch im Flüsterton.
Ich will aus Reflex abblocken, mich weigern es ihm zu erzählen, doch der Blick in seine Augen lässt mich zögern. Ich habe es noch nie jemandem erzählt. Das konnte ich nicht.
Dabei ist es schon lange her, nur für mich scheint es immer noch viel zu nah zu sein. Ich weiß nicht warum ich noch weiter auf ihn zugehe. Ich verstehe mich zur Zeit selbst nicht, aber irgendetwas in seinen Augen gibt mir unverhofft die Kraft auszusprechen, was ich noch nie zu erzählen gewagt habe: „Es ist beinahe 1000 Jahr her, als es geschah." Ich muss jetzt doch schlucken. Seine silbergrauen Augen blicken mich fragend an, als ich für einige Sekunden schweige, um mich zu sammeln. „Lydia war zu jener Zeit noch keine vier Jahre alt." Ich schließe für kurz die Augen und presse angespannt die Lippen zusammen. Ich bin doch nicht sicher, ob ich es schaffe das alles zu berichten. Als ich meine Augen öffne, ist Tyler nähergekommen. Seine Augen blicken mich unverwandt an. Jetzt schaffe ich es doch, irgendwie. „Es gab zu allen Zeiten Drachenjäger, aber viele waren nicht besonders erfolgreich. Julia musste, um zu überleben, den ein oder anderen töten." Ich behalte den Menschen genau im Augen und werde von erneuter Überraschung getroffen, als er weder zurückweicht, noch sonst eine Spur von Angst zeigt. „An jenem Tage war Julia für uns jagen. Zu diesen Zeiten war es uns natürlich nicht vergönnt bei

menschlichen Händlern Besorgungen zu tätigen." Tyler nickt dazu und ich frage mich, ob er wirklich begreift, was ich ihm erzähle. Er ist jung. „Julia wurde an diesem Tage von mehreren Drachenjägern erwischt." Ich balle die Hände zu Fäusten und spüre überrascht eine Hand an meinem Arm. Angenehm! Ein anderes Wort fällt mir dazu nicht ein. „Als sie nicht zurückkehrte, brachte ich Lydia zu einem Freund und machte mich auf die Suche nach Julia. Ich fand sie in einer Schlucht." Ich muss nach Luft schnappen, habe das Gefühl ansonsten an meinen Worten und den Erinnerungen zu ersticken. „Ihre Flügel waren von Pfeilen durchbohrt und so viele Knochen gebrochen. Heute kann ich annehmen, dass ihre inneren Organe verletzt waren. Damals wusste ich nur, dass ich sie verlor."
Ich merke erst, dass ich zittere, als sich Arme um meinen Körper schlingen. Ich werde in eine Umarmung gezogen, die mich vollkommen aus der Fassung bringt. Sein Körper fühlt sich so angenehm an und sein Geruch ist so wohltuend für mein angeschlagenes Gemüt. Ehrlich gesagt habe ich mich seit langem nicht so gut gefühlt, wie in diesem Moment. Nach kurzem Zögern erwidere ich die warme Umarmung, spüre die Glut des Drachenfeuers durch meinen Körper fließen. So wild und frei, wie schon lange nicht mehr. In den letzten tausend Jahren war es wie erstickt in meinem Inneren.

Schließlich löst er die Umarmung. Ich gebe ihn nur widerwillig frei. Sein Blick richtet sich auf Julias Gemälde. Das Lächeln auf seinen Lippen wirkt so traurig, dass ich es kaum ertragen kann.
„Sie muss eine außergewöhnliche Frau gewesen sein, wenn sie dich so tief berührt hat.", sagt Tyler mit diesem traurigen Lächeln, das mir förmlich die Luft abschnürt.
„Sei glücklich.", warum höre ich diese letzten Worten von Julia gerade jetzt wieder?

So wie in den letzten Nächten, immer wenn ich erwacht bin.
„Das war sie wirklich.", flüstere ich und lege dem Menschen eine Hand auf die Schulter.
Er entzieht sich meiner Berührung, obwohl wir uns kurz vorher noch umarmt haben. In diesem Moment wünsche ich mir zum ersten Mal, dass ich zu einem anderen Drachenstamm gehören würde. Einem jener Stämme, die keine Drachengestalt annehmen müssen, um die Gedanken anderer hören zu können.
„Ich sollte jetzt gehen.", sagt er.
Ich würde ihn gerne aufhalten, aber ich weiß nicht, was ich ihm sagen sollte, um das zu tun. Ich starre ihm eine gefühlte Ewigkeit hinterher. Irgendwann blicke ich zurück zu Julias Gemälde. Was soll ich nur tun?

Nach einigen Minuten lasse ich mich auf der Treppe nieder und lehne mich gegen das Treppengeländer. Meine Gedanken wandern zurück zu den letzten Nächten. Die Nächte seit ich Tyler getroffen habe. Meine Träume.
„Vater!", ertönt Lydias Stimme.
Ich hebe den Kopf und sehe sie und Markus am oberen Ende der Treppe. Im Augenblick wäre ich lieber alleine. Ich bin mir der Tatsache kaum bewusst, dass ich die beiden unwillig anknurren. Es wird mir erst klar, als ich die beiden lachen höre. Meine Tochter ist im nächsten Moment bei mir und fällt mir förmlich um den Hals.
„Du hast Tyler getroffen, stimmt doch?", meint Markus lächelnd.
„Wie kommst du darauf?", frage ich, als Lydia ihre Arme um meinen Hals lockert.
„Weil es dir besser geht, Vater."
„Ach, denkst du das, Tochter?"
„Nicht nur sie.", nickt mein Schwiegersohn und geht an uns vorbei die Treppe hinab. „Ihr beide solltet jetzt vielleicht mal miteinander reden."

Es herrscht Schweigen zwischen uns. Eine ganze Weile sogar.
„Du magst Tyler, oder?", fragt Lydia schließlich ernst.
„Ich weiß es nicht.", murmele ich und seufze nachdenklich.
„Weißt du es nicht, weil du das Gefühl in dir nicht benennen kannst, oder haderst du mit dem Wesen der Drachenherzen?", will meine Tochter jetzt wissen und kuschelt sich dabei an mich.
„Im Augenblick weiß ich gar nichts.", brumme ich.
„Erzähl mal."
„Als ich ihn das erste Mal gesehen habe, hatte ich das Gefühl, dass ich ihm unbedingt helfen musste. Ich weiß nicht warum. Es war plötzlich da." Lydia nickte nur. Ich hole nehme einen tiefen Atemzug und spreche dann weiter: „Und später. Die letzten Nächte habe ich geträumt." Ich schlinge die Arme um meine Tochter. Ich bin froh, dass sie bei mir ist und abwartet, was ich noch zu erzählen habe. „Von ihm, von uns, vom fliegen."
„Wie Drache und Reiter?", fragt Lydia nun doch.
Ich muss einfach nicken, was sollte ich sonst tun. Ich will nicht lügen. Es hilft aber nicht sich diese Tatsachen bewusst zu machen. Das verwirrt mich nur noch mehr.
„Das hilft nicht, Tochter."
„Ein Blitz?"
Ich schlucke, schüttele heftig den Kopf. Das kann es nicht sein, dabei … Nein! Nicht darüber nachdenken.
„Lapislazuliblitzen merkt man, wenn man den anderen berührt.", werfe ich ein.
„Beim ersten Mal.", meint Lydia ernst. Das Feuer in ihren Augen ist so dunkel, wie ich es nur selten bei ihr gesehen habe. Sie wirkte traurig und verbittert. Leider fürchte ich, dass diese Gefühle von mir verursacht werden. „Die meisten Drache sterben, wenn sie die Liebe verlieren. Wer also sollte sagen können, wie ein zweiter Blitz wirken würde. Ich kann mir

durchaus vorstellen, dass er anders wirken würde. Immerhin vergeht mit dem Tod nicht die alte Liebe. Dann wird ein zweites Lapislazuliblitzen gewiss einige Anlaufzeit benötigen."
Ich sehe wieder zu Julias Bildnis hinauf. „Sei glücklich!"
Vorsichtig stehe ich auf, damit Lydia nicht fällt, weil sie noch immer an mich gelehnt auf den Stufen sitzt.
„Ich muss etwas raus."

Keine Minute später bin ich auf dem Dach und streife meine Kleider ab. Ich muss mich beeilen. Die Luft riecht bereits nach Gewitter. Ich verwandele mich und strecke die Flügel. Das Feuer brodelt in meinem Körper auf. Ich recke mich dem Himmel entgegen. Der Wind vibriert an meinen Flügeln. Ich spanne alle Muskeln an und stoße mich vom Boden ab. Ich fühle jeden einzelnen Flügelschlag, genieße es die Kraft in meinen Gliedern zu spüren. Es ist toll, lebendig, kraftvoll, wild und frei. Das liegt so lange zurück. Ich kann nicht verhindern, dass das Drachenfeuer meine Kehle hinauf schießt und den Himmel in grellen Flammenschein taucht. Im nächsten Atemzug lande ich wieder auf dem Dach und verwandele mich wieder zurück. So gut habe ich mich schon lange nicht mehr gefühlt. Ich ziehe meine Kleidung über und husche durch die Luke hinab. Ich bin nur ein paar Stufen weit gekommen, als ich die ersten Regentropfen hören kann. Ein anderes Geräusch jedoch lenkt mich ab. Es ist mir bekannt und doch unbekannt. Ich ahne welches Instrument benutzt wird, aber ich weiß nicht wer es spielt.

5. Tyler – Keine zweite Wahl

Seufzend lehne ich mich gegen die Wand. Alles in mir brennt und lodert. Jetzt bin ich mir endgültig sicher. Ich werde absolut nie eine Chance bei Adrian haben. Drachen lieben nicht mit halbem Herzen. Es ist schon ein Wunder, dass er Julias Tod überlebt hat. Ich kann mir nicht vorstellen, dass er sich jemals einen neuen Partner oder eine neue Partnerin erwählen wird. Wenigstens kann ich so niemals behaupten, dass er nicht gut wäre. Ich darf nicht weiter darüber nachdenken. Das ist einfach zu viel. Ich stolpere weiter. Eine Tür schwingt auf, als ich dagegen pralle. Ich kann mich gerade noch an der Türklinke fest halten. Eigentlich will ich nur die Tür schließen, als mein Blick auf ein Instrument fällt. Eine Cister. Ich erinnere mich, dass ich dazu mal etwas gelernt habe, wie ich damit unsere Noten spielen kann. Musikunterricht hatte ich auch und ich weiß noch wie gut es früher getan hat, wenn ich Gitarre gespielt habe. Dabei konnte ich abschalten, alle Gedanken verschwinden lassen. Ich zögere nur einen kleinen Moment. Immerhin gehört dieses Instrument nicht mir. Dann greife ich jedoch zu. Ich kann einfach nicht widerstehen. Ich sehe mich um und finde sogar einen Hocker, der hervorragend geeignet ist, wenn ich nicht die ganze Zeit stehen will. Erst zögerlich, dann entschlossener fange ich an zu spielen.

Während ich spiele, vergesse ich alles um mich herum und auch die vielen dunklen Gedanken in meinem Kopf. Ein erschrockenes Luftschnappen schreckt mich auf. Ich gerate aus dem Takt. Der Ton klingt schräg. Ich kneife die Augen zusammen und höre ein Zischen. Ruckartig drehe ich den Kopf zur Tür und sehe drei Gestalten, die ich kenne. Adrian, Lydia und Markus. War ich echt so laut? Offensichtlich.
„Tut mir leid.", murmele ich und merke, wie Lydia und Markus fast ängstlich zu Vater beziehungsweise Schwiegervater sehen. „Schon gut.", sagt Adrian jedoch nur und ich sehe wie sich die Augen der beiden anderen Drachen vor Überraschung weiten. Mein Schwarm beachtet es jedoch nicht und meint zu mir: „Du kannst jederzeit hier spielen. Ich fürchte, ich brauche noch etwas, um eine Möglichkeit zu finden dich zurück nachhause

zu bringen."

Nach diesen Worten verschwindet Adrian einfach. Lydia starrt ihm nach und Markus schüttelt offenbar ungläubig den Kopf. Er ist es, der noch etwas dazu sagt: „Du könntest tatsächlich recht haben, Lydia. Selbst dir hat er nicht erlaubt Julias Cister zu benutzen."

Ich blicke staunend auf das Instrument in meinen Händen. Ich hätte nicht gedacht, dass es einmal Julia gehört hätte. Adrians großer Liebe. Mein Magen zieht sich zusammen. Egal was Lydia und Markus sagen. Ich habe nicht vor in irgendeiner Weise die zweite Geige zu spielen.

Fast eine Woche ist vergangen seit ich das erste Mal auf Julias Cister gespielt habe. Diese Woche war ein regelrechtes auf und ab. Das lag vor allem daran, dass Adrian sich in dieser Woche sehr oft bei mir aufgehalten hat. Ich wünschte meistens, dass es anders gewesen wäre, aber das hier ist immerhin sein Haus und seine Familie riskiert viel, damit ich hier sein kann. Es ist auch nicht so, dass ich die Zeit mit ihm nicht genossen hätte, im Gegenteil. Wir haben über alles mögliche geredet. Über vieles was in den letzten 1500 Jahren geschehen ist. In Sachen Geschichte bin ich immer besonders neugierig gewesen und bei ihm hatte ich die Möglichkeit vieles aus erster Hand zu erfahren, verbunden mit Anekdoten und persönlichen Geschichten. Das Problem in dieser ganzen Situation ist nur, dass ich mich, verdammt noch mal, mit jedem Moment, den ich mit Adrian verbringe mehr in diesen Drachen verliebe. Deshalb fühlte ich mich auch wahnsinnig erleichtert, als er mir heute Morgen gesagt hat, dass er mich heute noch dorthin bringen kann, wo ich einen Weg nachhause haben werde. Deshalb sitze ich nun auch im Auto neben ihm. Die Scheiben sind getönt, so dass niemand hineinsehen kann. Das nehme ich jedoch nur am Rande war. Im Auto sitzen wir so nah beieinander, dass ich umso mehr von seiner Nähe wahrnehme.

Als seine Hand beim Schalten meinen Oberschenkel streift, durchfährt mich ein Blitz und ich ziehe mein Bein schnell weg. Er sieht kurz zu mir, bevor er sich wieder auf den Verkehr konzentriert. Ich bin ein wenig überrascht, dass so viele Drachen überhaupt Auto fahren, aber offenbar tun sie es. Vor uns öffnet sich die Absperrung aus der Stadt, ohne dass wir kontrolliert werden.
„Manchmal ist ein gut platzierter Geldschein genau das richtige Mittel.", meint Adrian und ich muss an eine Geschichte denken, die er mir mal erzählt hat.
Zwar ging es dabei nicht um Bestechung, aber auch um Gold. Damals hat er eine tief ins Gesicht gezogene Kapuze getragen, um seine Augen zu verbergen und ein merkwürdiger Typ hatte ihm einen Wegzoll abgenommen. Vermutlich hatte er dazu nicht einmal das Recht. Eine Stunde später hatte dieser Kerl dann sein gesamtes Geld an einen rotbraunen Drachen verloren. An den verwandelten Adrian. Ich muss bei dem Gedanken an die Erzählung kichern.
„Wegzoll.", sage ich, als ich merke, dass es den Drachen neben mir verwirrt.
Daraufhin fängt auch er an zu lachen. Sekunden später hält er an einer Bushaltestelle.
„Von hier aus fährt ein Bus in deine Stadthälfte.", murmelt Adrian und sieht zur Seite.
Ich hole tief Luft, muss mich zwingen meine Hand nach der Tür auszustrecken.
„Danke.", flüstere ich.
Als ich die Tür gerade öffnen will, greift er nach mir. Seine roten Augen glühen regelrecht.
„Geh nicht.", bittet er.
Ich komme nicht dazu etwas zu sagen, denn seine Lippen sind schon auf meinen. Alles in mir kribbelt und brennt. Blitze durchzucken meinen Körper, durch alle meine Nervenbahnen. Zumindest fühlt es sich so an. Meine Augen fallen zu. Ich lasse

ihn gewähren, beginne leicht den Kuss zu erwidern. Es fühlt sich so gut an. Doch … Nein! Das kann ich nicht. Ich drücke gegen seine Brust, versuche frei zu kommen. Würde er mich festhalten, würde ich keine Chance haben. Gegen Drachenkraft komme ich nicht an. Doch Adrian lässt mich los.
„Ich kann nicht, Adrian. Ich kann nicht die zweite Wahl sein.", schüttele ich den Kopf und öffne die Tür, um auszusteigen.
„Du wirst Julia immer lieben." Wieder mache ich eine verneinende Geste, um ihn am reden zu hindern. „In mir wirst du keinen Ersatz finden, Adrian."
Ich lasse die Tür zufallen und mache mich auf den Weg nachhause. Adrians Wagen steht die ganze Zeit am Straßenrand, als würde er darauf warten, dass ich meine Meinung noch ändern würde. Einige Minuten später steige ich jedoch in den Bus und lasse das Kapitel Adrian hinter mir. In diesem Fall gibt es kein Wir. Es ist vorbei.

6. Adrian – Geblitzt zum zweiten!

Ich war nicht sicher. Dabei wurde das Gefühl bei ihm sein zu wollen, ihn nicht gehen zu lassen, immer stärker. Die Zeit mit Tyler war unglaublich. Eine Woche lang war diese Emotion so viel mehr, als ich in den letzten tausend Jahren gespürt habe. Aber dann im Auto … ich wollte ihn nicht gehen lassen und als ich seinen Arm festhielt wusste ich es. In dem Moment war der komplette Blitz da. Ich konnte seine Hände fast schon auf meinen Schuppen spüren. Seinen Körper an meiner Flanke. Meine Flügel um ihn geschlungen. Alles auf einmal, wie Versatzstücke, die sich zusammenschoben. Jetzt fahre ich in die Garage und halte mich krampfhaft am Lenkrad fest. Minuten lang bleibe ich im Wagen sitzen, kann mich einfach nicht bewegen. Erst Markus zieht mich aus dem Auto. Lydia kommt hektisch auf mich zugestürmt.

„Du hast ihn wirklich gehen lassen?", fragt sie fast panisch. Sie ist meine Tochter und sie merkt sofort, was mit mir los ist.
„Warum?"
„Ich konnte ihn nicht halten.", würge ich heraus und falle beinahe in ihre Arme.
Sie und Markus bringen mich ins Haus. Ich stürze mehrmals fast. Einmal habe ich überlebt. Es ist als würde ich dafür jetzt umso heftiger getroffen werden.

Ich will das nicht mehr. Ich halte es keine Sekunde länger mehr aus, wie sie mich behandeln. Deshalb schleiche ich jetzt durch die Villa. Ich weiche meiner Familie aus. Sie sind so über fürsorglich. Ich weiß, in den letzten Tagen bin ich ziemlich schlecht drauf gewesen. Milde ausgedrückt. Dennoch nervt ihr Betreuung mich zutiefst. Ich achte kaum darauf wo ich hingehe, bis ich schließlich feststelle, dass ich in einem ganz speziellen Raum gelandet bin. Der Ort, an dem ich beschlossen habe, dass ich versuchen würde herauszufinden, was Tyler wirklich für mich bedeutet. In dem Augenblick, als er in diesem Raum auf Julias Cister gespielt hat und mir klar wurde, dass er der einzige ist, dem ich das erlauben würde. Mit zitternden Fingern greife ich nach dem Instrument. Ich muss etwas tun. Ich zögere. Eine Gedanke macht sich in mir breit. Ich kann nicht aufgeben. Ich muss es versuchen. Etwas holprig zuerst, dann flüssiger beginne ich zu spielen, eine Melodie zu entwickeln. Das habe ich seit fast tausend Jahren nicht mehr getan. Alle Lieder, die ich in dieser Zeit gesungen habe, sind nur moderne Versionen von Liedern, die ich vor der Tragödie gesungen haben. Lieder, die ich einst für Julia geschrieben habe. Das letzte Lied, das ich geschrieben habe, war allerdings ein Kinderlied. Ein Lied, das ich wenige Wochen vor den Geschehnissen damals für Lydia geschrieben habe. Über all diese Dinge denke ich nur flüchtig nach, bevor ich anfange zu singe. In Worte fasse, was ich fühle, wie sehr ich Tyler vermisse, ihn brauche und will. Ich spüre wie immer mehr meiner Kräfte zurückkehren. Ich habe einen Plan und ich hoffe, dass Lydia mir dabei helfen wird.

„Das klingt gut.", höre ich die Stimme meiner Tochter, als ich schließlich wieder meine Augen öffne.
Mir fällt er in dieser Sekunde auf, dass ich sie geschlossen hatte. Ich straffe entschlossen die Schultern und stoße ein tiefes Knurren aus, das sie offenbar überrascht.
„Organisiere ein Konzert, mit Liveübertragung im Fernsehen und sorge dafür, dass so viele Menschen wie möglich davon erfahren.", fordere ich sie auf, ohne auf ihre Worte einzugehen.
„Was hast du vor, Vater?"
„Ich hole Tyler zurück. Koste es was es wolle.", eröffne ich entschlossen.
„Gute Einstellung. Was denkst du jetzt, Vater? Was ist mit Mutter?"
Ich denke ernsthaft über ihre Worte nach. Ich schließe die Augen. Julia! Ich kann ihr Bild aus meiner Erinnerung heraufbeschwören. In beiden Gestalten. Es ist warm und angenehm. Vertraut und stark.
„Sei glücklich.", hatte sie gesagt.
Ich werde versuchen ihren Wunsch zu erfüllen. Vielleicht bin ich deshalb noch hier. Möglicherweise bindet mich das ans Leben. Ich sehe zu meiner Tochter, die meiner Gefährtin so verdammt ähnlich sieht.
„Julia wird immer ein Teil von mir sein.", erkläre ich letztendlich. „Aber sie wollte, dass ich glücklich bin, Tochter. Langsam wird es wieder Zeit richtig zu leben."
„Das habe ich schon länger gesagt.", erinnert Lydia mich.
„Ich weiß.", nicke ich. „Lydia, du musst noch etwas für mich tun. Genauer gesagt, ein paar Sachen." Sie sieht mich fragend an. „Ich brauche eine Sondererlaubnis, um den anderen Stadtteil zu betreten und ich will ein Restaurant mieten."

„Jetzt wird es heftig."
„Wenn ich Tyler überzeugen will, muss ich so viel auffahren wie ich kann. Er muss merken, wie ernst ich es meine.", teile ich hart mit.
Lydia nickt. Sie scheint das ähnlich zu sehen. Gut, wenn wir einer Meinung sind.

7. Tyler – Dann doch

Ich habe mein Leben wieder verhältnismäßig normal aufgenommen. Zum Glück war ich nicht ganz zwei Wochen weg. Tagsüber kann ich mich ablenken, mich beschäftigen und komme klar, aber nachts sieht das anders aus. Ich kann kaum schlafen und wenn ich es doch tue, dann träume ich von Adrian. Ich habe keine Ahnung, was ich machen soll, um das zu beenden. Dominic würde jetzt sagen, dass ich es mit einer anderen Beziehung versuchen soll. Das Problem ist nur, dass meine Gefühle für Adrian einfach zu stark sind. Ich kann mir beim besten Willen nicht vorstellen, jemand anderen auch nur zu daten. Nicht mal für eine Sekunde. So sitze ich jetzt auch am Freitagabend in meinem Zimmer und arbeite an einer Hausarbeit fürs Studium, anstatt mit meinen Freunden feiern zu gehen. Ich tippe etwas in den PC ein und erstarre schließlich. Mehrere Melodien ertönen und ich kenne sie. Es sind die Intros von verschiedenen von Tylers Liedern. Ich springe vom Stuhl und stürme los, um meiner Schwester zu sagen, sie soll es leiser stellen. Das tut zu sehr weh. Ich brauche einen Moment, um zu bemerken, dass sie wohl im Wohnzimmer ist. Ich bin halb die Treppe hinunter, da hören die Töne auf, dafür erklingt eine Stimme, mit der ich nicht gerechnet habe: „Herzlich Willkommen, alle miteinander.", das ist eindeutig Lydias Stimme. Ich laufe hinunter und bleibe hinter der Couch stehen, auf der drei Teenager sitzen. Im Fernsehen läuft eine Live-

Ausstrahlung. Anstelle von Adrian steht aber seine Tochter auf der Bühne. „Ihr wundert euch sicher, warum ich hier stehe, aber ich habe euch einige Dinge zu sagen, die mein Vater einfach nicht zu sagen schafft." Sie ist aufgeregt, das merke ich. „Heute präsentieren wir euch ein brandneues Lied, mit einer ganz besonderen Bedeutung. Ich verrate euch ein Geheimnis. Die Lieder meines Vaters, die ihr bisher gehört habt, hat er vor langer Zeit für meine Mutter geschrieben, bevor sie gestorben ist." Ich erkenne, dass ihr das nicht leicht fällt. Vermutlich hätte sie geweint, wenn Drachen weinen könnten. Ihre Stimme klingt schwer und angestrengt. „Dieses Lied heute ist jedoch für jemand anderen. Mein Vater hat es vorgestern erst geschrieben. Wir hoffe, dass derjenige, für den dieses Lied bestimmt ist, es verstehen wird. Komm zurück!" Lydia räuspert sich und ich spüre mein Herz wild in meiner Brust schlagen. Was hat das alles nur zu bedeuten? „Ich wünsche allen viel Spaß an diesem besonderen Abend."
Die Drachenfrau verbeugt sich und verlässt die Bühne. Mein Puls beschleunigt sich erneut, als Adrian auf die Bühne tritt. Das rötliche Licht über der Bühne lässt rötliche Lichtreflexe in seinen Haaren entstehen. Seine roten Augen glühen. Er wirkt wild entschlossen. Ich bin aufgeregt bis zum geht nicht mehr und froh, dass die Mädchen mich noch nicht bemerkt haben. Adrian fängt an zu singen und ich brauche nicht lange, um zu begreifen was er da tut. Dieses Lied ist für mich. Da sind zu viele Parallelen zu den Ereignissen der letzten Wochen. Ich kralle mich im Türrahmen fest, um nicht umzukippen. Damit hätte ich niemals im Leben gerechnet. Ich starre auf den Bildschirm. In meinem Bauch kribbelt es wie verrückt, verliebt, hoffnungslos.
„Ich hoffe, du weißt, was ich dir sagen will, mein Lieber.", sagt Adrian nun. Melodisch, erschütternd. „Jetzt gibt es noch eine Sache, die ich tun muss. Etwas, das ich schon viel früher hätte tun sollen. Das nächste Lied habe ich einst für meine Tochter

geschrieben und damit möchte ich ihr für alles danken."
Das Lied, das er jetzt zu singen anfängt, ist eindeutig ein Kinderlied. Ich bin für einige Sekunden überrascht, ehe mir wieder einfällt, dass seine anderen Lieder vor tausend Jahren oder davor entstanden sind. Dieses Kinderlied hat er vermutlich in Lydias ersten vier Lebensjahren verfasst. Ich höre nur der ersten Strophe zu, dann drehe ich mich um und stürme aus dem Haus. Jetzt brauche ich einfach frische Luft.

Das Wochenende war hart. Richtig hart. Ich weiß nicht wie oft Grace von diesem Konzert gesprochen hat und wie viel Spekulationen sie zu Lydias Worten aufgestellt hat. Das alles tut weh. Ich könnte einige Dinge aufklären, aber ich kenne meine Schwester gut genug, um zu wissen, dass sie mich dann Löcher in den Bauch fragen würde. Nach diesem Wochenende bin ich froh, wieder auf dem Campus zu sein. Allerdings höre ich auch hier viele Mädchen von Adrian sprechen. So auch in der Pause, als ich mit Dominic im angrenzenden Park sitze. Ich könnte an ausrasten.
„Adrian hat doch eine Tochter. Wieso jetzt ein Mann?", höre ich eines der Mädchen auf der Decke einen Meter von uns entfernt sagen.
Dominic mir gegenüber verdreht die Augen. Ich beschließe mir die Spekulationen der Mädchen nicht anzuhören.
„Drachen sind grundsätzlich bi.", teile ich ihnen genervt mit.
Die Mädchen drehen sich in unsere Richtung. Eines von ihnen scheint etwas sagen zu wollen, doch ihr Mund bleibt offen stehen. Sie ist nicht die einzige, die plötzlich erstaunt aussieht.
„Tyler?", höre ich eine Stimme hinter mir.
Ich springe fast auf und drehe mich zu Lydia herum. Die anderen starren sie und jetzt auch mich an.
„Ja?", erwidere ich mit pochendem Herzen.
„Können wir reden? Unter vier Augen?"
Ich hole tief Luft und nicke dabei schon. Schneller, als mein

Verstand es wirklich begriffen hat.

Wir haben uns ganz hinten in die Cafeteria gesetzt. Ein Knurren von Lydia hat ausgereicht, damit wir ungestört sind.
„Wie konntest du hierher kommen?", frage ich nervös.
Sie lächelt flüchtig und antwortet: „Sondererlaubnis. Manchmal nützen einem Kontakte."
„Ja, stimmt.", nicke ich und sehe in mein Glas mit Cola.
Lydia leert ihr Wasserglas in einem Zug und meint dann: „Ich bin nicht einfach so hier."
„Dachte ich mir schon."
„Hast du es gehört?"
„Ja.", ich schlucke.
„Das ging nur an dich, Tyler.", sagt Lydia und lehnt sich nach vorne. „Mein Vater liebt dich." Ich schnaube. „Vergleich dich nicht mit meiner Mutter. Hör mir jetzt gut zu: Liebe ist das einzige, das sich vergrößert, wenn man es teilt."
„Komm mir nicht mit Zitaten.", murre ich.
„Drachenherzen sind stark und groß.", fährt sie fort, als hätte ich nichts gesagt. „Vater liebt dich und würde alles für dich tun."
„Sicher.", schnaube ich ungläubig und sarkastisch.
„Wenn mein Vater dir irgendetwas bedeutet, dann komm heute Abend um acht hierhin." Lydia legt einen Zettel auf den Tisch zwischen uns. „Es ist keine Entscheidung für oder gegen ihn. Nur eine Möglichkeit für dich ganz sicher zu gehen."
Sie steht auf und geht davon. Als ich einige Minuten später zahlen will, stelle ich fest, dass sie das bereits übernommen hat. Ich starre auf den Zettel in meiner Hand.

Ich sollte eigentlich nicht hier sein, aber mein Herz hat mich hergelockt. Ich zittere innerlich, als ich vor der Tür des Restaurants stehen bleibe. Es sieht geschlossen aus. Sogar vor die großen Fenster sind Vorhängen zugezogen. Eine Hand legt

sich auf meine Schulter. Ich weiß sofort, dass er es ist. Keine Ahnung warum ich mir da so sicher bin.
„Hallo, Tyler.", höre ich ihn sagen.
Ich wage es nicht mich umzudrehen, aus Angst was ich dann tun werde.
„Es ist geschlossen.", murmele ich.
Adrian lacht und löst damit eine heftige Gänsehaut bei mir aus.
„Für jeden außer für uns.", meinte er und tritt an mir vorbei.
Ich schließe die Augen und höre das Klicken der Tür, als er aufsperrt. Seine warme Hand umfasst eine von meinen.
„Komm."
Jetzt öffne ich doch die Augen. Noch nie habe ich ihn als so anziehend empfunden, wie in diesem Moment. Ich verstehe es erst nicht, doch dann treffen sich unsere Blick. Das flammende Rot seiner Augen wirkt so lebendig, wie ich es noch nie erlebt habe. Er zieht mich mit sich hinein.

Ich habe keine Ahnung wie ich es geschafft habe überhaupt etwas zu essen. Irgendwie ist es mir tatsächlich gelungen.
„Tyler, ich weiß nicht, was Lydia dir gesagt hat, damit du hierher kommst.", fängt Adrian an, nachdem er sein Besteck abgelegt hat.
„Sie sagte, dass du mich liebst.", murmele ich und spüre wie meine Wangen zu brennen beginnen.
„Womit sie recht hat."
„Du wirst Julia immer mehr lieben.", wehre ich ab.
Ich will es nicht. Ich kann es nicht. Adrian ist nun einmal ein Drache.
„Blödsinn.", stößt er so heftig aus, dass es mich vollkommen überrascht. Ich starre ihn einfach nur an. „Wenn ich nur irgendeinen Ersatz für Julia suchen würde, würde ich bestimmt nicht dich aussuchen, Tyler. Du bist ganz anders, als Julia, nicht nur weil du männlich bist. Das einzige, was du mit Julia gemeinsam hast, ist die Musik." Ich kann nicht anders, als zu

lächeln. „Und selbst dein Cisterspiel ist anders, als ihres."
„Du solltest wissen, dass ich es eigentlich gar nicht mit eurer Art von Musik habe.", eröffne ich nur ganz am Rande noch beim Thema.
„Eigentlich?", fragt Adrian mich und greift nach meiner Hand. Ich habe irgendwie das Gefühl, das etwas anders ist. Irgendetwas zwischen uns, in diesem Moment. Ich entziehe ihm auch meine Hand nicht, obwohl ich noch immer nicht weiß, was ich von alle dem halten soll.
„Ich mag deine Stimme, selbst wenn du so etwas sagst.", erkläre ich verlegen und fühle mich an einem merkwürdigen Ort in meinem Kopf gefangen.
Ein Ort, der mich viel zu ehrlich sein lässt.
„Das ist doch mal ein Anfang.", grinst Adrian und zieht meine Hand an seine Lippen, um die Finger zu küssen. „Sei tapfer, bieder und gerecht.", wispert er dann.
„Ich bin kein Ritter.", puste ich los und unsere gleiten auseinander, als ich mich in meinem Stuhl zurück fallen lasse. Das Holz ächzt etwas.
„Das ist einer der Gründe, aus denen ich dich so mag.", meint Adrian und sieht mich eindringlich an. Ich kann seinen Blick nur fragend erwidern. „Du kennst und verstehst in welchen Welten ich gelebt habe, Tyler. Wie viele Leute hätten diesen einen Satz einem alten Ritterschwur zuordnen können?"
„Mehr als du denkst vielleicht. Willst du jetzt jeden, der das kann in deine Nähe holen?", frage ich, aber ich fühle nicht halb so viel Misstrauen wie ich gerne würde.
Mein Widerstand bröckelt, obwohl ich versuche ihn aufrecht zu erhalten. Ich hätte besser nicht hierher kommen sollen.
„Nein. Nur dich und zwar so nah wie es nur geht.", flüstert Adrian und seine Stimme ist Verführung und Versuchung.
Ich habe mich nach vorne gelehnt, noch bevor ich es wirklich begreife. Er tut genau dasselbe. Jetzt will ich am liebsten wieder zurückweichen, doch seine glühenden roten Augen

halten mich gefangen. Ich kann mich nicht rühren. Ich spüre seine Finger an meiner Wange, wie sie meine Gesichtszüge nachfahren. Er zieht mich in dieser Bewegung näher. Seine Lippen berühren meine. Glühende Blitze schießen durch mich hindurch und ich weiß, dass ich mich dieses Mal nicht wehren werde. Ich kann nicht. Ich öffne meinen Mund automatisch, als ich seine Zunge dagegen stupsen spüre. Mit einem leisen Stöhnen ergebe ich mich dem Sturm aus kribbelnden Blitzen, die sein Kuss in mir auslöst und alle klaren Gedanken fortwischt.

„Komm mit mir.", fordert Adrian, als wir uns nach gefühlten Ewigkeiten voneinander lösen, auch wenn er meine Hand mit seiner umschließt und nicht mehr los lässt.
„Wie stellst du dir das vor?", frage ich unruhig, nachdem ich wieder zu Atem gekommen bin. „Ich darf nicht in deiner Welt leben."
Mein Gegenüber stößt ein tiefes, durchdringendes Knurren aus und sagt kopfschüttelnd: „Das meine ich nicht. Hier können wir nicht zusammen sein. Da hast du recht. Deshalb will ich, dass du mit mir kommst. Ich will mit dir weg von dieser Stadt. An einen Ort, wo Drachen und Menschen nicht getrennt leben müssen."
„Ich soll alles hier zurücklassen?"
Adrian holt tief Luft und antwortet: „Du kannst alle hier besuchen. Wir müssten ja nicht einmal weit weg. Du könntest sogar weiter hier studieren. Ich kann dich nur nicht verlieren, Tyler."
Seine Worte berühren mich an irgendeinem Punkt in meinem Herzen, oder meiner Seele, so dass ich kaum überlegen kann, ehe ich auch schon nicke. Seine Lippen verhindern, dass ich anfangen kann zu zweifeln. Seine Zunge erobert mich. Ich lasse es willenlos mit mir machen, schmecke seinen Geschmack und den Rauch des Drachenfeuers.

„Ich muss verrückt sein.", meine ich schließlich doch atemlos. „Du bist einfach nur für einen Drachen bestimmt.", grinst Adrian mich an.

Ich fühle mich aufgeregt, durcheinander, glücklich. Es fühlt sich gut an. Viel zu gut eigentlich. Ich komme mir immer noch verrückt vor mich auf diesen Drachen einzulassen. Mit genau diesem Gedanken habe ich ihm gesagt, dass ich erst einmal nicht sein Reiter werde. Der letzte Rest an Vernunft, der mir geblieben ist. Ich will mir ganz sicher sein. Jetzt bin ich wieder zuhause. Adrian kann noch zwei Tage bleiben, mit seiner Sondererlaubnis. Danach müssen wir uns erst einmal trennen, können höchstens miteinander telefonieren. Später wollen wir uns dann in der Nachbarstadt treffen. Ein Klingeln reißt mich aus meinen Gedanken an unsere Pläne, an ihn. Ich springe auf und stürme vor Grace die Treppe hinab. Noch nie hatte ich es so eilig an die Tür zu gelangen.
„Du bist gerannt.", stellt Adrian wissend fest, als ich die Tür geöffnet habe. Ich grinse verlegen. Er lacht darüber und deutet eine Verbeugung an. „Ich fühle mich geehrt, dass ich dir nun wohl doch so viel zu bedeuten scheine."
Ich verdrehe gespielt die Augen, als ich diesen Satz höre. Das ist so typisch er. Ein Luft schnappen hinter mir reißt mich aus meinen Gedanken und dem Anblick seines Körpers. Grace steht schräg hinter mir und natürlich hat sie meinen Drachen sofort erkannt.
„Ich schätze ich muss dir meinen Freund nicht vorstellen, oder Grace?", frage ich meine Schwester mit einem Grinsen.
Ihre Augen werden groß, dann dreht sie sich plötzlich um und rennt davon. Wir können das laute Quietschen, das sie in ihrem Zimmer von sich gibt, selbst hier unten hören.
„Sie weiß schon, dass wir das gehört haben, oder?", sagt Adrian mit betont lauter Stimme, damit Grace es auch sicher hört.

Ein Schrei bestätigt, dass sie es gehört hat. Starke Arme schlingen sich um mich und ich werde an einen muskulösen, warmen Körper gezogen. Er riecht nach Rauch und Feuer, so ähnlich wie beim Grillen. Seine Hände streicheln über meinen Körper. Ich fühle seine heißen Lippen drängend an meinem Mund. Atemlos, keuchend schiebe ich ihn von mir, als ich seine Hände an meiner Hose spüre.
„Ich werde jetzt nicht mit dir schlafen.", sage ich ernst, wohl wissend, dass ich keine Ahnung habe wie lange ich den Entschluss es nicht zu übereilen durchhalten werde.
Adrians Lachen an meinem Ohr lässt mich erschauern. Seine nächsten Worte bringen mein Herz zum beben: „Ich will dich nur etwas berühren, Tyler. Mehr nicht." Ich glaube ihm. Seine Hände schieben sich in meine hinteren Jeanstaschen. Er knetet meine Pobacken durch die Hose hindurch und mein Körper reagiert ganz automatisch darauf. Ich stöhne, dränge mich ihm entgegen. Mein Schwanz pocht, meine Hose fühlt sich schmerzhaft eng an. Selbst durch die Hose merke ich, dass sich in Adrians Hose ebenfalls eine Beule abzeichnet. „Eines Tages wirst du mein Reiter sein. Dafür sorge ich schon.", flüstert er mir ins Ohr und ich weiß, dass es ein Versprechen ist.
Wenn er so weiter macht, werde ich alle dem nicht lange widerstehen können.

Nähere Informationen zu Hannah Bergauf und ihren Büchern finden Sie hier:

Website: http://hbergauf.wixsite.com/autorin

Facebook: https://www.facebook.com/Hannah-Bergauf-135430103563356/

Amazon-Autorenseite: https://www.amazon.de/Hannah-Bergauf/e/B01JVWKRBO/ref=sr_ntt_srch_lnk_1?qid=1476547278&sr=1-1

Kontaktdaten:

Kontaktformular auf der Website

E-Mail: h.bergauf@gmx.de